アララギの釋迢空

ARARAGI NO SHAKUCHOUKU

EI AKITSU
阿木津 英

砂子屋書房

アララギの釋迢空　＊目次

第三章　大正七年の滔空

第四章　赤彦との齟齬

装本・倉本　修

アララギの釋迢空

はじめに

釋迢空（折口信夫）は、大正四（一九一五）年夏、島木赤彦と出会う。まもなく交流が始まり、アララギに本格的に加わっていった。迢空はアララギに所属した期間、民俗学関係以外の書きものはほとんどすべてを「アララギ」に発表した。この間の評論、歌論、歌評、エッセイ、歌、それらすべてが、折口信夫としての学問の成熟過程と、釋迢空としての歌人形成の過程とを、渾然としてあらわしているといえる。本書は、それを、釋迢空の側から見ていくものである。

同じ領域をあつかった先行文献に、加藤守雄「アララギにおける迢空」（「短歌」臨時増刊号、一九七三・一二）がある。これはのちに『折口信夫伝――釋迢空の形成』に収められた。アララギにおける迢空の動静を多数の資料をもって詳細にたどったもので、本書とも重複する部分があるが、ただ、短歌そのものを正面からテキストとして解析するものではない。また、加藤守雄はアララギとの訣別の因を、「「名残の星月夜」舞台評」の赤彦による没書および赤彦の弟子たちとの軋轢にもとめたが、本書は、茂吉・赤彦主導によるアララギの新しい「写生」概念形成が亀裂の初めであり、それと迢空短歌の文体確立の過程とが同時であったことを明かにする。

従来、沼空の歌は、アララギにあって本領を発揮できなかったといわれているが、そうではない。伊藤左千夫亡き後数年間のアララギは、『赤光』出版直後の斎藤茂吉を先頭に、島木赤彦、古泉千樫、中村憲吉、土屋文明らがそれぞれに自らの歌をもとめて切磋琢磨、アララギの内実の最も輝いた時代であった。そこに沼空は加わって、初めて歌仲間というものを得た。優れた歌仲間にまじわって研鑽したこの五、六年間に、沼空は沼空へと——夜の歌びと、旅の歌びととして——ゆっくりと脱皮を遂げていった。本書は、その過程を明かにする。

また、池田彌三郎は、『折口信夫集』（日本近代文学大系46、一九七二・四）解説において、学者としての折口信夫を説く際には誰も柳田國男を逸しないのに、「歌人釋沼空を説く者は、必ずしも赤彦には触れない。しかし対折口の面からはもっと大きい評価を島木赤彦にかけねばならぬはずである」「折口信夫と「アララギ」との関係は、それだけで、興味ある一書を形成するであろう」と、およそ五十年前に指摘している。本書は、この放置された課題に期せずして応えるものとなった。池田彌三郎の睨んだとおりであることを、「アララギ」誌面を読み解いていくことで明らかにした。

今日、折口信夫の学問についてはすでに厖大な蓄積があり、歌人としての釋沼空および沼空の短歌についてもことに近年、微細にいたるまで研究は進んできた。しかし、多くの釋沼空論は、歌を折り込みながらの伝記研究や折口学としての探究が中心であって、沼空短歌そのものをテキストとして解析しつつ文体形成の過程を見たり、その短歌観を見ていくものではない。

歌人の側にそういう試みがなかったわけではなかった。前掲「短歌」臨時増刊号に、玉城徹「沼空短歌の読み方――『春のことぶれ』を中心に」がある。玉城は、従来迢空の歌は異風とされてきたが、それは近代短歌の側から見れば「異風」なのであって、迢空短歌の「読み方」が問題なのだ、その言語組織を明らかにしなければならない、と提言した。

というのは迢空自身、近代短歌に対するある角度、ある「読み方」の上に、自分の短歌を築き上げたからだ。したがって迢空の短歌を考えることは、近代短歌全体を迢空を通して読み直すことにもなる。逆に近代短歌を通して迢空を読み返すことはできない。

玉城徹の問題提起は、歌の近代をいかに対象化し、そこから脱け出ていくかという射程をふくんでいる。そのための迢空短歌の読み直しであった。

日本の歌の近代は、和歌様式から脱して個人文体の確立をめざそうとするものであった。それゆえに、その主体構成の仕方がおおきな課題となった。石川啄木が「食うべき詩」を唱えたように、創作主体と日常生活主体とをいかにかぎりなく接近させてゆくかということが近代の課題となり、赤彦・茂吉らの主導するアララギでは、何をうたおうがそこに一元的な「自己」の顔を見いだすという、いわゆる実相観入論が生まれた。

しかし、創作主体の自律性に自覚的であった迢空は、アララギの「写生」概念のもたらす一元的な「自己」から逃れて、体験の束を融合統一する虚構《フィクション》をふくんだ主体構成を見いだしてゆく。

これは、近代の「私性」――創作主体の顔の肉に貼り付いた日常生活主体という仮面――から脱しようとして、仮面の上に仮面をかぶる「虚構」なるものとは根底から異なる。

創作主体もやはり日常生活主体を通じて現実のなかから養分を吸うものであり、言葉で分節化されない客観的な存在世界に対峙しなければならないものである。貼りついた仮面の下で萎えてしまった創作主体の力強い新たな再生こそが、ただいまの喫緊の課題である。新たな創作主体の再構成に臨むとき、釋迢空の試み、また玉城徹の試みは、優れた先行となるだろう。

本書は、一短歌創作者としてこのような課題を負いつつ、折口信夫研究としてはわずかに残された空隙の部分に鍬を入れるものである。

以下、各章の構成と概要を述べておく。

第一章では、アララギに本格的に加わる以前、歌仲間というものを持たず、たったひとりで学問と短歌創作との切り離しがたい境をたどっていた迢空の歌の達成地点を見てゆく。奥熊野の旅の歌をまとめた『安乗帖』、および大正二年の自作歌集『ひとりして』の歌を主に対象とする。

万葉集に〈近代感〉を見いだしていた迢空の関心は、個人にではなく、同じ歴史を共有してきたひとびとの集合体としての社会にあった。また自然主義興隆の時代、石川啄木から甚大な影響を受けた。その「心」の対象化の方法は、迢空なりの発想で咀嚼され、万葉歌の特質ともあいまって、一首に二つの異なる空間を並置する独自の文体をのちに導くことになる。

第二章では、アララギに加わり、とりわけ赤彦との親密な交流のなかで、みずからの歌の方向をもとめて模索する時期を見る。

沼空は、水準の高い評論を書きつつ、歌は赤彦の指導をあおぐかたちとなって根岸派以来の写生歌に研鑽した。この時代のアララギは、同人誌的な雰囲気を濃くもち、それぞれが自らの文体創出に研鑽しあっていた。そういう雰囲気のなかで沼空は、アララギ同人のうち「女性的な質」をもった古泉千樫の歌や、都会人としての岡麓の歌、また口語発想などを論じつつ、歌の方向を模索していた。

第三章では、大正七年、沼空の発表した作品九十八首に対して、君の今度の歌は遒勁《しゅうけい》流転の「万葉びとの語気」を離れている、「少ししやがれた小女《こをんな》のこゑを聞くやう」だと批判した斎藤茂吉の「釋沼空に与ふ」、および沼空の書いた「茂吉への返事」を考察の対象とする。

学問上での研究の深まりを背景に、このたびの沼空の作品には「都市生活における人事を叙事的にうたう」という、歌の本質を拡充するような試みがひそめられていた。茂吉の指摘によって試みはひとまず挫折するが、このやりとりの後、沼空の歌は独自な方向へずんずんと歩みを進めてゆくことになる。

第四章では、赤彦流の叙景歌が歌壇の主流を占めるようになり、異論反論の頻出し始めた大正七年から八年の「アララギ」を対象とする。

六年年末、長男を亡くした赤彦は、ようやく翌年四月号に「善光寺」一連を発表したが、同人たちの評価は大きく分かれた。この一連に瞠目した茂吉は実相観入論を唱えるようになり、「写生道」を唱える赤彦とともに、アララギの新しい「写生」概念をつくりあげていく。しかし一方、古泉千樫と迢空は「善光寺」一連を評価しなかった。

迢空は、自らの依拠する批評の構造をすでに明治期にあらかた構築していた。それは世界文学としての普遍性から日本の文学を照射してみようとする視座をもつもので、そこには西欧近代美学・芸術学、自然主義理論の批判的な受容摂取があった。

大正八年、第一次世界大戦終息後、帝国主義化に拍車のかかった日本国家の動きを背景に、赤彦・茂吉らの東洋回帰的な「写生」論が姿を現し、力を得ていく。それにつれて、赤彦には迢空の基づく批評の構造がアララギのノイズとして感じられるようになった。大正八年の間、赤彦は、アララギとしての「集団個性」の形成と理論武装とを期して、同一テーマによる同人らの議論提出を企画した。さらに感情的には、迢空の書いた赤彦論のなかの一語に、ひそかに憤激していた。

第五章では、大正六年から九年にかけての迢空の作品を見渡し、その文体確立の過程を見る。

赤彦的な写生歌摂取の時期を通過しつつ、ときにその範疇に入りきれない動機が生まれて歌の混乱がおきる。迢空の歌は下手だといわれつつ研鑽をつづけていたが、大正八年、鹿児島の伊勢清志に心配事が起きた。この事情をうたった「蒜の葉」一連(『海やまのあひだ』)についてはしばしば言及されてきたが、もう一つ、大正六年の九州旅行の記憶から八年に「始羅の山」一連(同)が生まれている。これは、迢空短歌の「体験の束としての〈旅する主体〉」を創出するきっかけとなり、アララギ以前に達成していた地点に自らを繋ぐものとなった。

第六章では、アララギを退くまでの経緯を見てゆく。

赤彦の憤激にようやく気づいた迢空だったが、赤彦はひとむきに迢空を排除しようとしたわけではない。万葉学者として尊重していたし、感情は感情として腹におさめておく懐の深さも備えていた。

大正九年、赤彦はのちに『歌道小見』などに収められて一般に流布し権威をもった万葉観を発表しはじめる。以後、迢空は、万葉論を「アララギ」に書くことはなかった。学問と創作の領域があいまいになると「誇大妄想痴者」を生み出す。迢空は、交流の中で赤彦に与えた自らの影響に思いいたり、みずからの学問をも顧みることになる。

赤彦との軋轢はやがて、めぐりの弟子たちを巻き込んでゆき、訣別を覚悟しなければならなくなった。その苦衷のなかから生み出された歌「夜ごゑ」一連は、近代的自我すなわち一元的な「自己」から離れた、無人称とも言える主体を実現した。また、「水底《みな》にうつそみの面わ沈《しづ》透き見ゆ来む世も我のさびしくあらむ」という歌に見るように、迢空短歌に悲劇性を初めて現出した。

赤彦との交流に始まった迢空のアララギ時代は、大正十年年末、その訣別をもって終わる。

第一章　『安乗帖』『ひとりして』の頃

一、根岸派への接近

たびごゝろもろくなり来ぬ。志摩のはて　安乗《アノリ》の崎に、燈《ヒ》の明り見ゆ

「奥熊野」『海やまのあひだ』

明治四十四（一九一一）年十月、二十五歳の釋迢空[*1]は、大阪府立今宮中学校の嘱託教員となった。翌年の夏、教え子の伊勢清志・上道清一を伴って、八月十三日から二十五日まで志摩・熊野をめぐる。この間の百七十余首をその年のうちにまとめあげて、『安乗帖』（全集[*2]第廿二巻）と名づけた。左はその巻頭歌であり、冒頭掲出歌の原作である。

たびごゝろもろくなり来ぬ　志摩のはて安乗の崎に　赤き灯の見ゆ

大正二（一九一三）年には、この『安乗帖』を「うみやまのあひだ　第四部」として構成しなおし、自筆本『ひとりして』（前掲）を編み上げて、三本を友人に贈る。

若い沼空の歌は『安乗帖』で一つの飛躍があった。自筆歌集『ひとりして』でさらに大きく飛躍をした。真珠にたとえるなら、『安乗帖』で「釋沼空」という核がはいったということになろう。その核を真珠層が巻きはじめたのが自筆歌集『ひとりして』、後年刊行する歌集『海やまのあひだ』（全集第廿一巻）は、『ひとりして』のさらに成熟していった姿である。

『安乗帖』がすべての出発点だった。のちに自らを、学問も文学も手放そうとしない「枝蛙」であると嘆きながらも「その間に俄かに、一筋の白道が、水火の二河の真中に、通じて居るのを見た」（「集のすゑに」『海やまのあひだ』）と書いたが、予感はこの奥熊野の旅をうたった大正元年の『安乗帖』に兆していた。[*3]

しばらく、明治末期あたりからの歌界をめぐる動きをみておきたい。

明治四十年三月から四十三年四月まで、森鷗外は観潮楼歌会を開催する。先立つ日露戦争従軍中、満州の地で『うた日記』をつづりつつ、故国の妹小金井喜美子や、長男於菟と乳兄弟であった平野万里にたびたび当時の詩歌壇に対する批判を書き送った。その極秘書簡の要旨を、八角真は論文「観潮楼歌会の全貌――その成立と展開をめぐって」において、次のようにまとめる。

○歌壇の主流である明星派の短歌はレトリカルに陥っている弊があって、その作品はいたずらに晦渋難解である――特に与謝野晶子において甚だしい。他はみな彼女の口まねである。
○詩壇の代表者である既成作家達（有明・藤村・泣菫・林外・鉄幹）は、発想の点でまた国語の使い方が未熟不十分で、不満を感じている。
○この不満から、若手青年作家の才能に大きな期待を寄せるものである。――石川啄木や平野万里などがそれである。
○こうした具体的観察、批判を通して、新派とは名のみで未だその実を挙げていない現詩歌壇に対し、時代にふさわしい格調をもった新抒情詩運動展開の意図をもっている。――「国風新興」である。

鷗外は、「現詩歌壇」を、「新派とは名のみで未だその実を挙げていない」と断ずる。「国語はあくまでも崩さずに、しかも縦横自在に使つてあらゆる新しい分子をそれに調和するやう入れ」（鷗外書簡、前掲）た歌、すなわち西欧の思想や事物やあらゆる新しい要素を調和するように取り入れながら、しかも日本語としての格調をも崩さない本格的な近代日本の新抒情詩をもとめたい、とした。このような意図をうちにもって開催された観潮楼歌会に、伊藤左千夫の弟子として斎藤茂吉、与謝野鉄幹の弟子として北原白秋や石川啄木らが出入りするようになる。

観潮楼歌会は明治四十二年をピークに急速に収束していくが、翌明治四十三年一月には若山牧水『別離』、三月に前田夕暮『収穫』、四月に土岐哀果『NAKIWARAI』、九月に吉井勇『酒ほがひ』、十二月には石川啄木『一握の砂』と、沼空とほぼ同世代の青年たちの歌集がいちどきに花開いた。

明治末期に、新派和歌――すなわち短歌は、なお形定まらぬものとしてあった。青年たちの間には、明星派短歌を抜け出て、さらに近代にふさわしい歌をもとめようとする鬱勃たる意欲が動いていた。何かが生れ出ようとする時代の息吹を背景に、明治四十一年十月「アララギ」を創刊した根岸派内部でも、伊藤左千夫と弟子の斎藤茂吉・島木赤彦たち青年歌人との対立が進みつつあった。

その東京根岸短歌会に、明治四十二年、國學院大学卒業間際の沼空は二回ほど出席した。伊藤左千夫・石原純・古泉千樫・土屋文明・斎藤茂吉らと共に歌会に加わり、「アララギ」十一月号には旋頭歌七首を掲載する。また、大阪に帰ったのちにも、花田比露思・安江不空らの関西同人根岸短歌会にも数回出席した。

歌仲間をもたない沼空はひとり模索しながら、新詩社から出た白秋らのグループではなく、万葉集尊重の根岸派の方へと接近していったのである。

晩年の「自歌自註」(全集第廿六巻)[*4]では、この頃の自作について「調子が単純になり、内容が簡素化してゐる」「これは根岸短歌会の印象が、大阪における根岸短歌会をとほして表れて来たので、かういふ内輪な歌風が、華やかな新詩社の描いてゐる円周のほかに、も一つ、つゝましく出来上らうとしてゐたのである。これが後年、「あらゝぎ」へ這入る事になるほんたうの理由であると思ふ」と述懐した。それまでの「新詩社や躬治流の派手な雄弁を持つてゐる私」の歌が、根岸短歌会の影響によって調子が単純になり、内容を簡素化して「今迄知らなかつたまとまりが出来かゝつてゐるといふ、喜びに似た安堵」を得た。そのことが後年の「アララギ」加入につながる「ほんたうの理由」だったという。

その頃、学問においては驚くべき早熟をしめしながら、短歌創作における迢空の歩みは遅々としていた。『安乗帖』を一契機とし、自筆歌集『ひとりして』を編むにいたりながら、なお出きらない不全感をぬぐい去ることができず、その巻末に次のように記して嘆いたのである。

さるにても、わが歌のかなしさ。のびむとするいきぢからは、はかない膜におほはれて、しかも、それが、ぬぐとき知らずこはゞつてゆく。
あはれなる心よ。
いつまで、そのはだをすく、あはき光に、なげかうとするのであらう。

大正二年一月、近代短歌に新しい転回点をもたらした北原白秋歌集『桐の花』刊行、おって十月には斎藤茂吉歌集『赤光』が刊行された。観潮楼歌会に出詠した「春の鳥な鳴きそ鳴きそあかあかと外《と》の面《も》の草に日の入る夕」を巻頭に据えての『桐の花』、同じく観潮楼歌会で刺激を受けた斎藤茂吉の『赤光』、この鷗外をめぐる青年歌人たちのあいだから姿を現した二冊の歌集は近代短歌に一つのエポックをつくった。大阪の地にあって、〝ひとりして〟おのが歌の行方を模索していた沼空に、これが大きな刺激でなかったはずはない。

歌集『ひとりして』は、『桐の花』『赤光』と同じく、明治末期から大正二年にかけての制作歌を収録したものである。白秋・茂吉の二つの歌集がそれぞれ近代の姿をきわやかに現しているのに比べて、何かしら手応えはありながらも、なお「はかない膜」に覆われていることを沼空は痛感せざるを得なかった。

大正三年三月、大阪で二年半教えた生徒たちを卒業させ、職を辞して、四月に再上京した。後を追ってきた教え子らとともに生活するが、たちまち窮迫、翌年七月大阪に帰るつもりでいた沼空は、そのまぎわに伊藤左千夫三周忌歌会に出席した。六年ぶりの根岸歌会だったが、この席で島木赤彦を知った。前年、赤彦も信州から単身上京、小石川区富坂町のいろは館に下宿してアララギ発行に専念し始めていたのである。

じつは沼空は、早くから赤彦の歌の熱心な読者であった。

『馬鈴薯の花』にある、げんげ花の咲く夕暮の田圃の歌などは、アララギに出た当時、ひそかな模倣をさへ、せないで居られぬ程、私の柔軟であつた心を、ゆすり上げた。其迄すきであつた千樫を、一挙に棄てる様になつたのも、其頃からだと思ふ。かうした心からは、『赤光』に出た沢山な裸の儘の魂の飛び出した様な歌が、後から〳〵雑誌に出て来ても、一向驚きが頭を擡げることがなかつた。

（「なかま褒めをせぬ證拠に」「アララギ」大正十年三月号）

「げんげ花の咲く夕暮の田圃の歌」とは、「げんげ田に寝ころぶしつつ行く雲のとほちの人を思ひたのしむ」「げんげんの花原めぐるいくすぢの水遠くあふ夕映えも見ゆ」のような歌を含む、明治四十二年の「客居」一連をさすだろう。

また、草稿のままで発表せずにしまったらしい「半生の目撃者」という未完の文章では、「「ひむろ」時代から、「馬鈴薯の花」時代の王朝短歌の正流の延長で、短歌本質に叶うた「趣き」深い作物を見て」*5 この歌人に傾倒せずにはいられなかった、とも書く。赤彦の歌への親近感と関心が、迢空には早くからあったのである。

その秋、ついに迢空は大阪には帰らなかった。小石川区金富町に下宿した鈴木金太郎の下宿に身を寄せ、居ついて、そこからほど近い富坂のいろは館の赤彦のもとに出入りするようになる。

何でも、いろは館へ行き出してから二度目か三度目であつた。「今まで作られた歌を拝見してみませう」といふやうなことで、右に言うたのうとぶつくを持つて行つたのである。此時は赤彦が『切火』を出した直後で、極度に謙遜になつてゐた人の美しい心が、面識の殆ない私の作品集を見てやらうと言ふのである。

（「自歌自註」全集第廿六巻二七頁）

茂吉の『赤光』によってにわかに「アララギ」の存在がクローズアップされていく一方、同年刊行の島木赤彦・中村憲吉共著歌集『馬鈴薯の花』はかすんでしまった。それから二年後のいま、茂吉や白秋に追随するかたちで近代感覚を盛った新歌集『切火』を出版したが及ばず、赤彦は自らの歌の方向を定めかねていた。迢空は、そういう時期の赤彦の姿を「極度に謙遜になつてゐた人の美しい心」と言いとったのである。

赤彦の前に、若い迢空は「のうとぶっく」を差し出した。固唾を呑んで見守る赤彦の顔にやや期待をはずれた色が見えた。相当厳しい批評を聞かされたが、それでも親身な批判を受けて「深く幸福を感じ、真からの謙虚になつてゐた私は、出直さうといふ気を堅く持つた」(「自歌自註」)[*6]。こうして「大正五年、微かな縁のつながつてゐた古い「あらゝぎ」に復帰」した。

「古い「あらゝぎ」に復帰」と、晩年の迢空が述べているところに注目しておきたい。その頃の赤彦たちは、伊藤左千夫没後、それぞれに自分の歌を確立していかなければならない時期で、「更に新しいあらゝぎ風を樹立しようとしてゐ」た。いまだその全容は誰の目にも見えていない。

若い迢空が、大学生の頃からたびたびアララギに接近し、根岸派に関心を持ちつづけたのは、一つには、アララギが万葉集を尊重し、作歌研究上の規範とする流派だったからであろう。迢空も同じ課題を共有して、ひとり試行錯誤を重ねていた。それゆえ、赤彦に見てもらった自筆歌集『ひとりして』のなかで、迢空が「最自信を持つてゐたのは、これらの奥熊野の抄であつた」。ことにも奥熊野の歌は自分なりに万葉集が創作にしみ入ったという手応えがあった。共感への期待は大きく、「定めて全幅の賛意を示してくれさうな気がしてゐたのが、大違ひであつた」。

晩年の迢空は、このくい違いを「核心になるものが違つてゐた」せいであると、述懐することになる。

二、心の型としての近代感覚

わたつみの豊はた雲と　あはれなる浮き寝の昼の夢と　たゆたふ
　わたつみの豊はた雲と　あはれなる浮き寝の　昼の夢と　たゆたふ　（ひ）
　わだつみの豊はた雲とあはれなる浮きねのひるの夢とたゆたふ　（安）
天づたふ日の昏れゆけば、わたの原　蒼茫として　深き風ふく
　天づたふ日の昏れゆけば　わたの原蒼茫として　深き風ふく　（ひ）
　天つたふ日のくれ行けば蒼茫と深き風ふく大海原に　（安）
青うみにまかゞやく日や。とほ〴〵し　妣《はゝ》が国べゆ　舟かへるらし
　青うみのまかゞやく日や　とほ〴〵し　妣《はゝ》が国べヽ　舟かへるらし　（ひ）
　青うみにまかゞやく日の　とほ〴〵し母が国べへ　船かへるらし　（安）
波ゆたにあそべり。牟妻の磯にゐて、たゆたふ命　しばし息づく

波ゆたにあそべり　牟婁の磯にきて、たゆたふ命しばしやすらふ　（ひ）
波ゆたに遊べり牟婁の磯に来てたゆたふ命しばしやすらふ　（安）

「奥熊野」『海やまのあひだ』
（ひ）は『ひとりして』、（安）は『安乗帖』

『安乗帖』百七十七首は、自筆歌集『ひとりして』の「うみやまのあひだ　第四部」九十九首となり、さらに十二年後、第一歌集『海やまのあひだ』の「奥熊野」二十三首となった。

右掲出のように歌を並べてみると、『安乗帖』から『ひとりして』まで、この一年の間に大きな飛躍のあったことがはっきりとわかる。たとえば、二首目の下句「蒼茫と深き風ふく大海原に」から「わたの原蒼茫として　深き風ふく」への推敲、三首目の上句「青うみにまかゞやく日の　とほ〴〵し」を「青うみのまかゞやく日や　とほ〴〵し」として、「の」を「や」で切った推敲、このような推敲のあとを見れば、それは歴然とする。

同年刊行『桐の花』の「春の鳥な鳴きそ鳴きそあかあかと外《と》の面《も》の草に日の入る夕」や、『赤光』の「ゴオガンの自画像見ればみちのくに山蚕《やまこ》殺ししその日おもほゆ」のような近代感覚あふれる青春歌の横に、掲出四首のような『ひとりして』の歌を並べても、さして見劣りするとも思われない。現代の目から見ても、これらは沼空初期における代表歌であろう。『赤光』や『桐の花』とはずいぶん異なった世界だが、ここにもまた一つの近代感覚があり、青春の感傷があった。

奥熊野の旅が、古代研究の原点となったことはつとに知られる。次は、しばしば引用される高名な一節[*7]である。

数年前、熊野に旅して、真昼の海に突き出た大王个崎の尽端に立つた時、私はその波路の果に、わが魂のふるさとがあるのではなからうか、といふ心地が募つて来て堪へられなかつた。これを、単なる詩人的の感傷と思はれたくはない。これはあたゐずむから来た、懐郷《のすたるぢい》であつたのだと信じてゐる。

（大正五年「アララギ」十一月号「異郷意識の進展」）

この「異郷意識の進展」については、「「妣が国」「常世」「まれびと」など、彼の主要な学問世界の源泉が語られている」「大王が崎の尽端に立ち臨んだ時の感動を、「われ」のみの詩人的感傷とせず、「われ〳〵」が『祖《オヤ》の祖から持ち伝へた』と実感する所から、折口の異郷意識の考察は始まる」（『折口信夫事典』西村亨編）[*8]と、いわれている。

右掲出の三首目「青うみにまかゞやく日や。とほ〴〵し　妣《ハヽ》が国べゆ　舟かへるらし」は、かの大王が崎に立ったときの歌であった。エッセイにもあるように、まかがやく日のした、青い海の遠くにうかぶ舟を、『安乗帖』では「母が国べへ　船かへるらし」とうたい、『ひとりして』では文字遣いを少し変えて「妣《ハヽ》が国べゝ　舟かへるらし」、「わが魂のふるさと」へ帰る舟であるらしいよ、とうたった。

それが、十二年を経た『海やまのあひだ』では「妣《ハハ》が国べゆ」と、「妣《ハハ》が国べ」から舟が帰ってくる歌となる。こちらへ向かってくる舟であるほうが奥行きが生まれ、歌としても深みがあってすぐれるが、何より、この一字の違いによる転換は歌の内容を大きく変えてしまう。この間、迢空は、海から来る神＝「まれびと」論として「異郷意識」の考察を深めていったが、たった一字の違いによって「わが魂のふるさと」へ舟が帰ってゆくらしいというはるけさを伴った青春の感傷から、海から来る神＝「まれびと」の思想を詠み込んだ歌へと変貌させてしまったのである。

掲出二首目「天づたふ日の昏れゆけば、わたの原　蒼茫として　深き風ふく」の歌については、晩年の迢空は「自歌自注」（前掲三七頁）に次のようにいう。

「天づたふ」の歌は、かうして見ると私の発意のやうに見えるが、どうもこれより前何年か、万葉の中の名歌として私に印象してゐた、「たまはやす武庫のわたりに天づたふ日の暮れゆけば家をしぞ思ふ」及びそれをめぐる数首の歌の、瞑想的な気分が、こんな時になつて、私にかういふ歌を作らせたのである。つまり其歌の影響は、学生時代の遅い時期に、私にあつたのである。

「それをめぐる数首の歌」とは、「天平二年庚午の冬十一月、太宰の帥大伴の卿の、大納言に任《ま》けらえ、帥を兼ねること旧の如し。京に上りし時、傔従等《つかひびとども》、別に海路を取りて京に入る。ここに、羇旅《たび》を悲しび傷《いた》みて、おのおの所心《おもひ》を陳《の》べて作れる歌十首」（万葉集巻第一七、三八九〇）をさす。たとえば次のような歌である。

磯毎《いそごと》に海人《あま》の釣船泊《は》てにけりわが船泊《は》てむ磯《いそ》の知らなく　三八九二
家にてもたゆたふ命波の上に浮きてし居れば奥處《おくか》知らずも　三八九六

迢空は「万葉集に於ける近代感」（全集第九巻）*9 において、右のような万葉歌を「常に、最初の驚きを失はずに読み返すことが出来る」と述べ、「磯毎に」の歌を傑作、「たまはやす」と「家にても」の歌を、「我々の近代感にぴたりと来る処がある」と述べている。「一体、古典から受ける我々の感じは、その製作当時の感情そのまゝではない。我々の感情を透して古典に接するのである」と留保をつけながら、ことに「奥処《おくか》知らずも」の歌については次のようにいう。

こんな歌に出会ふと、我々は思ひがけぬものに、ぶつかつたこゝちがする。仏教的なある思想性を持つてゐて、漠としてゐる点もあるが、われ〳〵の近代感にぴつたりはひつて来る歌である。自分の将来がこれから先、どうなつてゆくか見当もたゝない気持ちで船に乗つてゐて、非常な不安を感じてゐるのである。当時としてははいから過ぎたか、とも思はれるほどである。

一首目の「たゆたふ」、四首目の「たゆたふ命」、そして二首目の海のうえの夕暮れの「蒼茫として　深き風ふく」と奥処も知らぬあてどもない感じ、これらは〈近代感〉をもつ万葉歌と共鳴しあってうまれたものだった。

この〈近代感〉を、迢空自身は「奈良朝及びその前代は、外来文化の消化せずにはひつて来た時だから、ちやうど桃山時代などに似てゐて」と解説したが、桃山時代どころか、まさに明治の世がそうだった。「自分の将来がこれから先、どうなつてゆくか見当もたゝない気持ち」「非常な不安」は、ほかならぬ迢空ら明治の青年たちのものでもあった。

西欧文明が押し寄せ、古い時代が崩れ去り、まだ根づかない新しい明治の近代国家体制下に生きる青年たちのさだめない不安を、迢空は、古代律令制へと国家体制がととのっていこうとする万葉の時代の歌のなかに発見した。日本の歴史の上には、古代のみならず幾たびかそういう時代があり、〈近代感〉が言語のうえにかたちとしてのこっているのを、迢空は見出したのである。『桐の花』『赤光』に見られるような西欧近代の光彩を反映した近代感覚とはまったく異なってはいるが、しかし、「奥熊野」掲出四首のような歌もまた〈近代感〉こもる青春の歌といえよう。

迢空の取り出す〈近代感〉は、西欧文明の流入してきた「明治」という個別の時代が帯びる近代感覚ではない。日本の歴史の上に、外来文化が押し寄せるたびに繰り返されてきたひとびとの経験、それが生み出した心の型としての〈近代〉感覚を採りだそうとしている。

辺空は、志摩・熊野を旅した『安乗帖』の歌の生れる前年、明治四十三（一九一〇）年に、國學院大学卒業論文として「言語情調論」を書いた。「言語情調の研究の目的とする所は、言語と人類の心理作用との関係を説明するのである。いはゞ言語心理学の一分科といふことが出来よう。」（全集第廿九巻五四五頁）というものである。

言語は社会の製作物である。言語の内包には群衆心理の潜在して居るを見る。この場合における第一主体は、その群衆心理である。言語の本質から言語情調の起原を論ずれば、社会情調に到達せなければならぬ。第二主体の感納する言語情調は、詳しくいへば第一主体の感情に加ふるに、社会情調の二重投影なのである。

（「言語情調論」第一編第五章研究の目的：前掲五四七頁）

言語と「群衆心理」「社会情調」との関係を究明したい、というのである。この論文は完成しなかったけれども、「言語は社会の製作物である」という言語観が、つねに辺空＝折口信夫の根底にはあった。

言語は本来、社会全体の経験による生成物である。いったんかたちをもって現れた「たゆたふ命」という古代の語彙のうちに、近似的な体験によって内容が再構成されるとき、その語彙は息を吹き返す。

迢空は大正六（一九一七）年、『アララギ』二月号に「古語復活論」を書いた。「記紀の死語・万葉の古語を復活させて、其に新なる生命を託しようとする」アララギ流を、骨董趣味のように難ずる人々から弁護しようとするものである。現代の語だけで、現代人の生活の思想や感情をすべて表象できるわけがない。現代人の心身のうちにも代々積み重ねられた思想や感情が生きている。「日本武や万葉人の心は、現在われ〳〵の内にも活きてゐることを、誰が否むことが出来よう」。「われ〳〵の霊は、往々住すべき家を尋ねあてることが出来なくて、よすがなくさまようてゐることがある。其霊の入るべき殻があるとさへ聞けば、譬ひ幾重の地層の下からでも、其を掘り出さずにはゐられないではないか」と弁じた。

迢空は、「たゆたふ命」という万葉語彙を自分の歌にたんに借用したのではない。熊野の旅という個人的体験を契機として、知識としての語彙（殻）に実（霊）が入った。大王が崎や安乗岬の突端にたち、あるいは海の波にゆられて舟旅をするという体験をきっかけに、「たゆたふ命」という語彙が、生なましい実感をもってわが身のうちに輝き出す瞬間があった。歴史的文化的にもちつたえられた語彙があり、歌がある。それは、かたちをもっている。そのかたちをもった語に、今日ただいまを生きている個人の感情や気分が触れて、ありありと生気を吹き返し、そこに実感がやどるのである。

三、万葉の〈私〉、近代の〈私〉

ゴオガンの自画像みればみちのくに山蚕《やまこ》殺ししその日おもほゆ　斎藤茂吉『赤光』
梅の花取り持ちて見ればわが宿の柳の眉し思ほゆるかも　巻十　一八五三
わが門に守る田を見れば佐保の内の秋萩すすき思ほゆるかも　同　二二二一
大君の遠の朝廷とあり通ふ島門を見れば神代し思ほゆ　巻三　三〇四

右は、内藤明「短歌の構造と〈私〉の定位」(『現代短歌雁』二七号、一九九三・七)で引用された歌の一部である。

内藤は、「見れば……思ほゆ」という古い類型表現に着目して、斎藤茂吉の歌と万葉集の歌をあげ、さらに「見れば……見ゆ」という形をもった記紀歌謡や、塚本邦雄の「雉食へばましてしばゆ再《ま》た娶りあかあかと冬も半裸のピアノ」という歌をあげながら、茂吉や邦雄に「古代を水源とする、一筋の水脈が流れている」とする。そして、「〈触発するもの〉と〈触発されたもの〉を統合する身体として〈私〉を定位させ、前者から後者への連想や幻想の飛躍によって詩を生み出していく構造」は、「短歌に嵌め込まれた内部構造の一つである」とした。

興味深く読んだが、しかし、茂吉の歌と万葉の歌とのあいだには「〈触発するもの〉と〈触発されたもの〉を統合する身体」としての「〈私〉の定位」の仕方に大きな違いがある。ここでは、その差違の方に注目してみたい。

その前に、万葉歌の例をもう少し補足しておこう。

みもろつく三輪山見ればこもりくの初瀬の檜原思ほゆるかも　巻七　一〇九五

ふりさけて三日月見れば一目見し人の眉引き思ほゆるかも　巻六　九九四

万葉の歌では、「わが門に守る田」「みもろつく三輪山」「梅の花取り持ちて」といった眼前にある空間の景物を契機として「佐保の内の秋萩すすき」「初瀬の檜原」「わが宿の柳の眉」という他所にある空間の景物（人）を連想する。柿本人麻呂の歌「大君の遠の朝廷と」ではそこからさらに飛躍して、いま、ここにある「島門」という空間から、「神代」というまったく別の時空を連想している。

〈触発するもの〉として〈私〉の眼前にあるのは、「わが門に守る田」「三輪山」「梅の花」である。「佐保の内の秋萩すすき」「初瀬の檜原」「わが宿の柳の眉」は、〈触発されたもの〉として別の空間に存在する。それなのに、〈触発するもの〉と〈触発されたもの〉と、歌の語としての喚起力は等価であり、両者ともにあたかも眼前にあるかのように、あるいは二つの空間に〈私〉が同時に存在しているかのように感じられる。

二者を統合する「見れば……思ほゆ」という文法構造は、〈触発するもの〉を眼前に置き、見ている〈私〉をそこに仮構する。それなのに、歌を読むと、いま、ここにあってものを見る〈私〉は容易に思う別の空間へと分離していってしまいそうだ。〈私〉は一つの空間にしっかりと定位していない。むしろ万葉の歌にあっては、見る空間に存在する〈私〉は、思う別の空間に同時に存在しうるという〈私〉観があったとさえ言いたくなるほどだ。

ところが万葉後期の大伴家持の歌「ふりさけて三日月見れば」になると、「三日月」はしっかりと眼前にあり、「三日月」から過去の体験「一目見し人の眉引き」を連想する。〈私〉の内部に時間軸が生まれ、「統合する身体」としての〈私〉がここでは格段にはっきりと立ちあがっている。

さらにすすんで、近代の茂吉の歌においては、「ゴオガンの自画像」を契機に「山蚕《やまこ》殺ししその日」という個人の幼時体験へと遡行する。山蠶を殺すという行為にはなにかしら性的欲動を感じさせるが、個人の内部に、ふだんは意識されない根源的性欲動に基づく心理的な深層の存在を認めているのだ。西欧の「ゴオガン」という後期印象派の画家の「自画像」を契機として、フロイト的な無意識の領域をもふくめた「統合する身体」としての〈私〉がここに生まれ出た。茂吉の新しさが躍如として感じられる一首である。

ところで、しばしば引用される『赤光』の代表歌三首をさらに加えて、沼空の『ひとりして』の歌の横に置いてみよう。

ゴオガンの自画像みればみちのくに山蚕《やまこ》殺しその日おもほゆ　『赤光』
死に近き母に添寝《そひね》のしんしんと遠田《とほた》のかはづ天《てん》に聞《きこ》ゆる
赤茄子の腐れてゐたるところより幾程《いくほど》もなき歩みなりけり
めん鶏《どり》ら砂あびゐたれひつそりと剃刀研人《かみそりとぎ》は過ぎ行きにけり

わたつみの豊はた雲と　あはれなる浮き寝の　昼の夢と　たゆたふ　（ひ）
天づたふ日の昏れゆけば　わたの原蒼茫として　深き風ふく　（ひ）
青うみのまかゞやく日や　とほ〴〵し　妣《はゝ》が国べゝ　舟かへるらし　（ひ）
波ゆたにあそべり　牟妻の磯にゐて、たゆたふ命しばしやすらふ　（ひ）

並べて見ると、改めていかに異なる世界かということがわかる。茂吉の歌は、油絵のようにギラギラとしていて、「山蠶《やまこ》殺し」「死に近き母」「赤茄子の腐れて」「剃刀研人《かみそりとぎ》」と刺激の強い語を多用する。「遠田のかはづ天に聞こゆる」と聴覚をもって統合された歌は、宇宙の一点としての〈私〉の身体へと収斂してゆく。「赤茄子」の歌は、意識と無意識の境をうかがわせ、「剃刀研人《かみそりとぎ》」の歌は、異常なほど感覚に神経を集中させている。狂い出すのではないかと思われるほど感覚を集中させていく〈私〉、その〈私〉の無意識すなわち個人の深層心理までを歌はふくみこみ、そこに近代感覚が表出される。

このような歌のかたわらでは、迢空の歌はいかにもたよりなげに拡散して感じられるだろう。一首目は、海ばらのゆたかにかがやく白雲も、舟にゆられてうとうとするあいだに見た昼の夢も、さだめなくたゆたうばかりであるという。二首目は、空をわたる夕日も暮れ果ててかすかに残照がのこるばかり、海原には宵闇がふかまってゆき、ものの輪郭がすべておぼろになった奥の方から、何かしら予感のような風が吹いてくるとうたう。全身で風を受けている触感・体感によって統合された〈私〉の歌だが、茂吉の「遠田のかはづ天に聞こゆる」という〈私〉の聴覚へと収斂していく歌とくらべると、その違いがよくわかる。迢空の〈私〉は、蒼茫として吹く風のなかに拡散し、溶けていこうとしている。四首目は、波うちぎわに波はゆたかに寄せかえしてあそんでいる、この牟妻の磯に坐っていると、たゆたうようなさだめない命もしばらくは安らかに感じる、という歌だが、これも茂吉の歌に比べれば、いかにも自己の輪郭のぼんやりとした、中途半端なものにみえる。

迢空の歌の〈私〉は、自己の輪郭が拡散していくようなところにあって成立している。そして、「妣《ハヽ》が国」というような発想や、「わたつみの豊はた雲」「浮き寝」「天づたふ日」「わたの原」「たゆたふ命」といった万葉の語彙に乗せつつ、こころの経験の型としての〈近代〉がもつ感傷や不安に自らを同化させていこうとする。

迢空の関心は、個人に、ではなく、社会——同じ歴史を共有してきたひとびとの形成する集合体——のもつ情調にあった。

四、石川啄木の影響

迢空の若書きの歌を見ていくと、何度か歌が変わっている。ごく初期は、古今・新古今など和歌の古典と新詩社のうたいぶりを混ぜ合わせたような歌柄だった。その後、万葉や記紀歌謡のおもかげの見える歌柄となり、明治四十三（一九一〇）年に入るとさらに変化した。ことに年譜明治四十三年の項には、石川啄木歌集『一握の砂』をもとめて精読、余白に批評を書きつけたとあるが、そのころから歌が大きな変化をしている。

> 啄木の影響は、考へてみると、非常なものであつた。形の上ではさもない様に見えるか知らぬが、私自身の発想法に翻訳して表して居たのである。生活など言ふ側には、目を瞑り勝ちな私が、歌では、可なりさうしたものゝ出てゐるのは、やつぱりそれなのである。
>
> （「この集のすゑに」『海やまのあひだ』）

迢空が啄木に関心を寄せていたことは、よく知られている。若い迢空に与えたその多方面にわたる影響を歌に即しながら見てみよう。

まず第一に、一目で啄木の影響と見られる歌がある。

ばら〳〵と星ちらばれり其下にこんもりとしてくろいわが心
垢くさい衣がぬぎたししかれども汗の香にしむわが身をいかる
牛込の矢来の坂でよくあうた自動車のうへのよひどれの顔
ふところにすこしのこれるびた銭のふれあふ音のかなしきゆふべ

明治四十三年「短歌拾遺」（全集第廿二巻）

自らのなかの醜い心や、生活のおりふしに感ずる気持ち悪さ、世の中の醜悪、そういうところに眼差しを向けるような歌は、以前の沼空にはなかった。掲出二首目は、啄木の「よごれたる足袋穿く時の気味わるき思ひに似たる思出もあり」を直接に連想させるし、口語を交えた語法の上にも、素材の上にも、自然主義の影響が見られ、なかんづく啄木の歌を連想させる。しかし、このような直接的な影響の見える歌は、自筆歌集『ひとりして』からは選び落とされた。『ひとりして』に採用された歌は、たとえば左のように金銭の歌でも、沼空らしいこなれた形で現れる。

たなぞこに　錆ふく銀貨　うち見入り　涙のにじむ　物おもひする
たなぞこに　燦然としてうづたかき　これ　わが金　とあからめもせず

道を行くかひなたゆきも　こゝろよし　このわが金のもちおもりはも
たなぞこのにほひは　人に告げざらむ　金貨も　汗を　かきにけるかな

「小鳥の歌　第三部」歌集『ひとりして』（前掲）

一首目は金銭に窮迫した苦い悲しみをうたう。二首目以降は、金貨十枚をたまたまわが銭として得た六首一連の歌から選んだ。思わず大金を得たうれしさとともに、金銭に執着する人のこころを見つめる。

この時代、「銭」を素材とした歌は啄木以外にも散見されるが、金銭というものにまつわる人間の心うごき、経済生活といったものを真正面からとらえようとしたものは、啄木より他には無い。沼空の右の歌もまた、たんに金銭を素材にしたというより、人と金銭との関わりを主題とする。金銭をいちがいに賎しいものとはせず、金銭というものにまつわる心理のあやを熟知した大阪という地を思わせる歌である。富とか商いとか、早期の資本主義的感覚を身につけた、大阪人としての発想が感じられる。

さらに、啄木の名をうたいこんだ次のような歌を見てみよう。

啄木が廿五すぎて　よみいでし異端の歌も　かなしかりけり
東海の小島《コジマ》の磯になきし子よ　われまた経たり　その心もち

十五はや　恋ひにしみつく癖つきしこと　啄木ぞおほくあづかる
雲雀はあめにかける　啄木がかなしき骸《カラ》は　土に鎮めむ

「小鳥の歌」は、のちに自ら「うぇできんとの「春のめざめ」を下に踏んで」（前掲「自歌自註」）いると言うように、おおよそ中学教師時代の生徒たちとの交流を素材にした一連である。右三首目の「十五はや　恋ひにしみつく癖つきしこと」は、『一握の砂』を読んだ生徒たちをうたう。四首目「雲雀はあめにかける」は青春の恋にあこがれる無邪気なこころをあらわすだろう。しかし、一首目二首目はどうか。

一首目の「啄木が廿五すぎて　よみいでし異端の歌も　かなしかりけり」、この「廿五すぎて　よみいでし異端の歌」は『悲しき玩具』を指すと思ってよいだろう。啄木は明治十九年生れ、二十五歳は明治四十四年にあたる。明治四十三年十二月『一握の砂』を刊行、明治四十五年四月十三日に没した。土岐哀果の尽力により、その年の六月『悲しき玩具』が出る。『一握の砂』を余白に書き入れをするほど精読した沼空である。啄木逝去の報を聞き、ただちに『悲しき玩具』一本をもとめて読んだに違いない。

もともと一行書きで作った歌を三行に表記した『一握の砂』とは違って、『悲しき玩具』は最初から三行書きの発想をしている。その歌に、沼空は「異端」の印象をもった。「異端の歌も　かなしかりけり」――「異端の歌」へと向かわざるを得なかった啄木を思い、かなしまないではいられない。

『悲しき玩具』巻末に付したエッセイ「歌のいろ〳〵」に、啄木は、「私の生活は矢張現在の家族制度、階級制度、資本制度、智識売買制度の犠牲である」、自分が意のままに改め得るものは机の上の置き時計やインキ壺の位置と歌くらいのものだ、と嘆いた。迢空は、啄木のもっていたこの社会・経済方面の問題意識をもっとも深刻に受け止め、共有した一人であった。

同じくエッセイ「一利己主義者と友人との対話」では、尾上柴舟の短歌滅亡論を俎上に載せて、現代の口言葉と五・七の調子の問題や、表記法の問題を対話形式で論じた。表記法の上でも、迢空は、明治四十四年に編輯した『安乗帖』では始めの二十二首ほどに一字あけする表示法を試みている。『ひとりして』では全歌を一字あけで表示、句読点も数首に付した。迢空は、表記法と短歌形式の未来、というテーマについても、その問題意識を『一握の砂』の時期から受けとめていた。

加藤守雄「2『安乗帖』の表記法」(『折口信夫伝』)には、迢空自身が師とも記す服部躬治の歌に句読点や一字アケの表記があるという香川進や小泉苳三の指摘を紹介するが、そればかりでなく新派和歌の先駆与謝野鉄幹『東西南北』の歌も句読点のついた二行書きで表記されていた。アナログとしての木版刷りから、デジタルな活版印刷に移行する過程で、歌の表記法に動揺のある一時期があった。そこからすすんで、明治四十年代に入ってからの啄木の表記法の試みには、より自覚的な詩形の将来という問題意識が射程に入っている。迢空は熟慮をかさねつつ、そういう問題意識を受け継いでいったのである。

また、二首目の「東海の小島《コジマ》の磯になきし子よ　われまた経たり　その心もち」だが、その「心もち」をたんによく言われるような、センチメンタルな青春の感傷とばかり受け取ってよいものだろうか。

玉城徹は、野口米次郎「東海より《フロム・ゼ・イースタン・シー》」一巻を読んでその感激を書いた明治三十七年の文章に言及し、「東海の小島」とは、一般的に「日本」をさすと指摘する。「東海《とうかい》の小島《こじま》の磯《いそ》の白砂《しらすな》に／われ泣《な》きぬれて／蟹《かに》とたわむる」という歌を、「「東海の小島」という発想は、東海の一小島なる日本から世界にむかって何ごとかを成しとげんというアムビションを示唆する。しかるに、今の自分は「泣きぬれて蟹とたわむれる」のみだと、自分の卑小、無力を戯画化して、自嘲しているのである」と読み解く。*10

どこかの海岸で啄木が泣き濡れて蟹とたわむれたと私小説的に読んで疑わないのは、そういう読み方が浸透した後の話である。テキストとして歌を読めば、玉城徹の鑑賞の方があたっている。早熟な天才肌の啄木の「アムビション」が現実の前につぎつぎと潰えてゆく、それを自嘲しながらなお我を愛さずにはいられない、というのが、この歌を含む「我を愛する歌」一連の内容であった。当時、横文字を「蟹文字」とも称したから、「蟹」の連想にはそういうものがあっただろう。

若き迢空の「われまた経たり　その心もち」は、「東海の一小島なる日本」にあって「アムビション」を抱きながら、西欧の文献などと格闘しつつ、ついに自らの卑小・無力を自嘲しないではいられないことがあった、同時代者としてその気持ちはよくわかる、というのである。

五、「心」の対象化という方法

大正十五（一九二六）年の「歌の円寂するとき」、また昭和二（一九二七）年の「歌の円寂するとき続編」、昭和十三年の「滅亡論以後」と、迢空はその短歌滅亡論を書くたびに、石川啄木に言及をしている。つぎの如くである。

石川啄木の改革も叙事の側に進んだのは、悉く失敗してゐるのである。唯啄木のことは、自然主義の唱へた「平凡」に注意を蒐《アツ》めた点にある。彼は平凡として見逃され勝ちの心の微動を捉へて、抒情詩の上に一領域を拓いたのであつた。

（大正十五年「歌の円寂するとき」全集第廿七巻三〇二頁）

最正しく自然主義の影響を、歌に引き込んだのは啄木である。啄木の態度は、文学全体からは新しいものではなかつた。けれども、短歌は、本質の上に残された空閑《クガ》を見出した。

（昭和二年「歌の円寂するとき　続編」：前掲三一一頁）

（略）啄木の拓いたと信じて来た新しい境地――平凡生活から、真の生活動機を捉へる。――は、万葉の家持にも早く存した。

（同右：前掲三一四頁）

アララギ調に、啄木が摂取せられて居ることも事実である。其様に、外々の派にも、あらゆる状態に調和して、啄木が這入つて居る。さうして、其混合状態の変質な味ひを、特に刺激として進んで来た方面が多い。

（昭和十三年「滅亡論以後」：前掲三二〇頁）

啄木の業績は「自然主義の唱へた「平凡」に注意を蒐め」「平凡として見逃され勝ちの心の微動を捉へて、抒情詩の上に一領域を拓いた」点にあった、という。それはじつは文学全体から見れば新しいものではなく、すでに万葉の家持にもあった。しかし、平凡のうちにある心の微動をとらえるという方法は、歌の上には充分に展開して来なかったので、明治以降の短歌はそこに「残された空閑《クガ》を見出した」。近代の短歌は、アララギ調にも「啄木が摂取せられて居」り、他の派にも啄木が入っている――そのように、迢空は言う。[*11]

ここでは、その「心の微動」のうたい方について、歌に即して観察してみたい。

自然主義の時代に入ると、明治四十三年刊の若山牧水歌集『独り歌へる』や前田夕暮歌集『収獲』、石川啄木歌集『一握の砂』などに、「心」という語が頻出するようになる。それればかりでなく自然主義に与しない与謝野寛『相聞』や、北原白秋『桐の花』・斎藤茂吉『赤光』も、明治三十年代の歌集に比べて明らかに「心」という語が多用されるようになった。あたかも、短歌における自然主義受容の指標が「心」という語であるかのようである。

従来、日本語には「心」の豊かな派生語彙があり、万葉語彙辞典などをひらいても、「心」の使用例は非常に多い。古今集でも恋歌の部に「心」の語は頻出し、日本文学ことに和歌に深く根ざした語であった。この「心」という語が、明治末期にいたって新たな表情をもつようになった。[*12]

めぐりあひしづかに見守《まも》りなみだしぬわれとわれとのこゝろとこゝろ

あはれまたわれうち棄てゝわがこゝろひとのなさけによりゆかむとす

若山牧水『独り歌へる』

今鳴るは二時かも心やう〳〵にさびしきわれをみいでてさめぬ

名も知らぬ花にむかひてしばしありこのみづからをあはれむ心

前田夕暮『収穫』

牧水の「われとわれとのこゝろとこゝろ」「われうち棄てゝわがこゝろ」は、「われ」と「こころ」との分離・対立をうたい、夕暮の「心やう〳〵にさびしきわれをみいでてさめぬ」「みづからをあはれむ心」では「心」が意識する「われ」をうたう。いわゆる近代的自我意識の表出である。

しかし、啄木のやり方は、牧水や夕暮とちがって、歌の上におおむね「われ」の語を明示しない。

浅草《あさくさ》の夜《よ》のにぎはひに
まぎれ入《い》り
まぎれ出《い》で来《き》しさびしき心《こころ》　石川啄木『一握の砂』

人《ひと》がみな
同《おな》じ方角《はうがく》に向《む》いて行《ゆ》く。
それを横《よこ》より見《み》てゐる心《こころ》。　同『悲しき玩具』

自分《じぶん》よりも年若《としわか》き人《ひと》に、
半日《はんにち》も気焔《きえん》を吐《は》きて、
つかれし心《こころ》！　同

「つかれしわれは」「まぎれ出で来しわれは」としてよいところを、「つかれし心」「まぎれ出で来しさびしき心」とし、「それを横より見てゐるわれは」としてよいところを「見てゐる心」とする。牧水や夕暮は、「われ」という語をもって近代的

刊行年	歌集名	全歌数	「心」の歌の数	割合
1901（明治34）	与謝野鉄幹『紫』	310	9	2.9%
〃	与謝野晶子『みだれ髪』	399	4	1.0%
1904（明治37）	正岡子規『竹の里歌』	544	3	0.6%
1908（明治41）	若山牧水『海の声』	477	15	3.1%
1910（明治43）	若山牧水『独り歌へる』	554	37	6.7%
〃	前田夕暮『収穫』	541	66	12.2%
〃	与謝野寛『相聞』	997	60	6.0%
〃	石川啄木『一握の砂』	551	55	10.0%
1912（明治45）	石川啄木『悲しき玩具』	194	23	11.9%
1913（大正２）	北原白秋『桐の花』	439	31	7.1%
〃	斎藤茂吉『赤光』	833	55	6.6%

自我意識の表出とするのであるが、啄木は、それを歌の前提とし、語として明示しない。そのことによってかえって「われ」という個人意識がしっかりと歌に存在し、一瞬一瞬変化するおのれの「心」を対象化し、客観化することができている。

「最正しく自然主義の影響を、歌に引き込んだのは啄木である」と、迢空のいう大きな理由の一つは、主語「われ」をもって近代的自我意識の表出とするのでなく、日常生活中に生起するおのが「心」を、科学的とさえいってよいような突き放した観察の対象とするところに、かえって明確な個人意識を成立させていたからであろう。

この時期、迢空の歌にもまた、「心」を対象化する歌が頻出する。次に掲出するのは、『ひとりして』から選んで、『海やまのあひだ』に残した歌である。

心　ふと　ものにたゆたひ、耳こらす。椿の下《シタ》の暗き水おと
かれあしに　心しばらくあつまりぬ。みぎはにゐつゝ　ものをおもへば
よすがなき心　あやぶくゆられいつ。馬車たそがれて、町をはなれつ

『海やまのあひだ』

一首目の歌は、心がふともの の気配にたゆとうたので、耳をこらすと、それは椿の木の下の暗い水音であった、と口語訳すれば分かりやすいだろう。しかし、歌そのものはそのような直線的

な因果関係では成り立っていない。「耳こらす。」の断絶ののち、「椿の下の暗き水音」――椿の木下の小暗いところに滴っている水の音――そのような水の音のする別の空間がいっきょに引き出されてくる。「耳こらす」という集中によって、「ものにたゆた」ふ心は一瞬のうちに「椿の下の暗き水音」のする別空間を見てしまう。

二首目「かれあしに　心しばらくあつまりぬ。みぎはにゐつゝ　ものをおもへば」は、汀にいてものを思っている自分から「心」が遊離して行って枯葦にしばらく凝集していたという。心を集めるとは集中と同義だが、この歌ではそういう意味ではなく、身から離れる「心」を対象化しての把握である。

三首目の歌も、どこに寄りつくともない「よすがない心」は、ともすれば遊離していくかのように危うく揺られ、そのような心をもつ身を乗せた馬車は夕暮れの小暗さのなかに町を離れていった、という。

このような「よすがない心」をうたった歌は、『ひとりして』のなかにはもっと多かった。

よすがなき心をはなち　両国の橋の夕に　ほうとしてたつ
川蒸汽　とほく〱へだゝれば　ひしとより来ぬ　よすがなき心
『ひとりして』

拠り所をうしなったよすがのない「心」を放った身が、夕方の両国橋にほうと立っている。「川蒸汽」が遠くはなれていくと、寄りつくものを失った「心」が親か何かをもとめるかのようにわが身へ「ひしとより」来る。「心」は、「身」から離れて意志を持つ。そういう「心」が、ここではうたわれる。

啄木の歌は、個人のうちに瞬時変化する「心」の断片をとらえ、個人意識内に矛盾する「心」と「心」との問答をとらえた。個人内の「心」を観察の対象とし、客観化してうたった。そこに、牧水や夕暮のような「われ」を明示した歌より、かえって近代的な個人性が成就した。

一方、沼空の「心」は「身」から離れ出たり、ものに寄りついたり、よすがない「心」の存在感をうたおうとしている。

古今集の「よるべなみ身をこそとほくへだてつれ心は君が影となりにき」（恋歌三・六一九）のように、恋歌の発想をもって、枯葦や川蒸気や、平俗雑多な近代の現実生活のなかで「身」から離れ、ものに寄りつこうとするよすがのない「心」を対象化しようとするのである。

啄木の歌には「死」という語が多いが、沼空自身もまた、十六歳の冬から翌年の春にかけて二回自殺未遂があった。その年、ともに短歌会をやっていた学友宮崎信三が明石の海に入水している。明治三十六年の藤村操の投身自殺に象徴されるような、当時十代後半の青年たちには死へ駆り立てられるような時代の雰囲気があった。

沼空にもまた、ほうっておけば「身」と「心」が分離してゆきそうな不安と危うさがあり、「よすがなき心」があった。それを、自我という個人の問題ではなく、明治という新しい時代を生きてゆく青年たちの不安の総体として対象化しようと迢空は考えた。そのような心が、万葉集の「家にてもたゆたふ命波の上に浮きてし居れば奥処《おくか》知らずも」というような歌に、「たゆたふ命」のよすがなさを見いだしたのである。

六、二つの空間*13

この時期の迢空の「心」の語を使った歌で、もっとも注目すべきは前にも掲げた、つぎの歌であろう。

心　ふと　ものにたゆたひ、耳凝らす。椿の下《シタ》の暗き水おと　『海やまのあひだ』

まず、のっけから客体化された「心」を提出しているのが異様である。「懺悔の心」「こよひはや学問したき心」とか、「疲れし心」「いらだてる心」とか、普通は何らかの原因によって引き起こされた表情をもって心は現れるものだが、迢空のこの「心」には何の限定もない。現象としての心ではなく、客体として実在しているような心である。そのような心が何かふと気を感じてたゆとうたので、耳という感覚器官に注意を集めた。歌は、そこで「。」になっている。そうして、新たにうたい起こして「椿の下の暗き水おと」のする空間を提示する。

耳を凝らした主体のいる空間と、「椿の下の暗き水おと」のする空間と、ここでは「。」によって二つの空間が併置される。歌の主体は、この二つの空間を同時に感じている。耳を凝らす主体のいる空間を中心化しもしなければ、絶対化もしない。「心」がこの二つの空間を媒介し、一首を統合する。歌の主体の所属する空間を中心化する近代短歌の手法から見れば異質に感じられるうたい方である。

山のうへに、かそけく人は住みにけり。道くだり来る心はなごめり　『海やまのあひだ』

これは、ずっと後の大正十一年の作だが、同じように読んでいいだろう。山の上にひっそりと人は住んでいた。そこを辞して道をくだってゆく心はなごんでいる。「道くだり来る心」を客観的に見ているかのような叙し方である。「。」で、山の上の空間と、くだってゆく道のある空間とが対置される。たとえば「道くだりつつ心なごめり」とすると、道をくだっている主体〈われ〉が、山の上に住む人を想起しているという歌になるが、迢空はそういう一元的な叙し方をしていない。「心は」と、「心」をあくまで客体化している。

山上に定着し住む人が居て、一方には村から村へたずねては去ってゆく人がいる。人気《ひとけ》のない山から山を歩く人の「心」は、定住している人の心にいっとき触れてなごんだ。そういうのである。

谷々に、家居ちりぼひ　ひそけさよ。山の木の間に息づく。われは

大正十三年作『海やまのあひだ』

「心」という語はつかわれていないが、この後年の歌も、山の木の間に息づく「われ」のいる空間と、谷々に家居が散在している空間とを対置して、「われ」のいる空間を相対化する。山の木の間から谷に散在する家居を見下ろしているのではない。旅する「われ」のいる空間、また谷間に散在する家居にあってひそかに一生を終わる人々のいる空間、そういう二つの異なる生活空間を並置するのである。

このように、啄木の「心」の対象化の手法は「私自身の発想による翻訳」をもって、のちにはこういうところにまで展開していったのだった。

註

＊1　「釋迢空」という名の由来や使い始めの時期などについては、富岡多恵子『釋迢空ノート』など他書を参照していただきたい。本書では、おおむね歌人・創作者としての筆名「釋迢空」で統一する。

＊2　『折口信夫全集』中公文庫、一九七六・二。以下「全集」と略す。

＊3　岡野弘彦も「釋迢空の歌風とその変遷」（『短歌現代』、一九八七・二）において、掲出歌ほか三首を

かかげ、志摩・熊野の旅が迢空の学問と文学にとって大きな開眼になったとする。

＊4　引用は順に、全集第廿六巻二〇・二一・二一・二〇・二一頁

＊5　全集第廿八巻四六頁

＊6　引用は順に、全集第廿六巻二八・二五・二八・三四・三四・三四頁

＊7　大正九年五月「國學院雑誌」（全集第二巻　古代研究（民俗学篇1））掲載「妣が國へ・常世へ」では、以下のようになっている。「十年前、熊野に旅して、光り充つ真晝の海に突き出た大王个崎の盡端に立つた時、遥かな波路の果に、わが魂のふるさとのある様な気がしてならなかつた。此をはかない詩人気どりの感傷と卑下する気には、今以てなれない。此は是、曾ては祖々の胸を煽り立てた懐郷心（のすたるぢい）の、間歇遺伝（あたゐずむ）として、現れたものではなからうか」。

＊8　引用は順に、『折口信夫事典』四三四・三四頁

＊9　引用は順に、全集第九巻四九六・四九九・四九九・五〇〇・四九九・五〇〇・五〇〇頁

＊10　引用は、玉城徹著『啄木秀歌』五一頁

＊11　引用は順に、全集第廿七巻三〇二・三〇二・三一一・三二〇頁

＊12　迢空折口信夫が「無名氏」の名で『わか竹』に明治四十二年から四十三年にかけて連載した「和歌批判の範疇」（加藤守雄著『折口信夫伝』所収資料）の小タイトルは「「こゝろ」その一」「「こゝろ」その二」「「こゝろ」その三」であり、「形式の成ると共に、内容が定まる。此処にはじめて、ことばと、こゝろとの対立を見るのである」とする。

兵藤裕己著『物語の近代――王朝から帝国へ』（二〇二〇・一一）では、一八九六年にロンドンで出版されたハーンの『Kokoro』に「自我」の複数性・複層性」を見、それに反発するかたちで一九一四年の漱石の『こころ』が書かれたのではないか、「大正三年の漱石の『こころ』と阿部次郎の『三太

郎の日記』は、近代の小説文体が、その成立からわずか一〇年あまりでつくりだした自我と内面の物語である」（「おわりに」）と、近代的自我の成立と「こころ」との関係を論じている。「こころ」の再編制は、自然主義文学以後の大きなテーマになっていたことがうかがわれる。

＊13　「二つの空間」については、玉城徹が「沼空短歌の読み方」（「短歌」臨時増刊号、一九七三・一二）において、「山晴れて　寒さ　するどくなりにけり。膝をたたけば　身にしみにけり」を引用し、「二つの空間組織の交錯するところに、坐っている（坐らされている）作者のすがたをも対象化することができる。こうした空間の構成は、直接的視覚的な表現ではけっして捉えることが出来ないであろう」「視る主体としての自己確立が近代短歌一般の道であった」が、沼空の歌はそれとは異なる文章法を採用していると、すでに指摘している。「山晴れて」の歌は第二歌集『春のことぶれ』の歌だが、本書ではアララギ加入以前の歌にその萌芽の見られることを指摘した。

第二章　アララギの仲間たち

一、アララギの戦力として

明治四十二（一九〇九）年十一月、「アララギ」創刊後まもない第二巻第三号に、茅原夏井の名で、沼空の旋頭歌七首が掲載された。翌月には、十一月根岸庵歌会に出詠した歌「ひが〳〵し妹か心をみとりかねしゐやなぞへにわれ横さらふ」という一首を掲載、まずは「アララギ」とはこれだけの淡い関係であった。

前にも述べたように、沼空はその後大阪に帰り、大正三（一九一四）年、再び上京する。翌年十月には帰阪するつもりで、七月二十五日、伊藤左千夫三回忌歌会に出席。参会者は土岐哀果、平福百穂、島木赤彦、古泉千樫、中村憲吉、斎藤茂吉ら十一人、この席で初めて赤彦と面識を得た。同居していた生徒たちをかたづけ、小石川区金富町の鈴木金太郎の下宿にひとまず身を寄せたが、そこから二町ばかり行ったところに、同じくこの夏、小石川区白山御殿町から上富坂町に引っ越してきた赤彦のいろは館があった。

大正四年の「アララギ」は年頭、茂吉から赤彦のもとに、定期刊行を目指して発行所を移していた。まもない二月八日、長塚節が逝った。三月号四月号は『赤光』批評特集号、五月号七月号八月号と赤彦歌集『切火』合評の連載、六月号には長塚節追悼号と、多難ななかにも『赤光』の名声と赤彦の運営努力によって発行部数も上向き始めた。「アララギ」誌面に「釋迢空」の名と歌がはじめて登場するのは、「左千夫先生三周忌記事」中の即詠四首を掲載した大正四年九月号である。それを見たのちのことであろうか、迢空は赤彦の下宿を訪ねて行く。こうして迢空のアララギ時代が始まった。[*1] 二十九歳の年であった。

以後、大正十年十二月号を最後[*2]としておよそ六年余り、「郷土研究」「土俗と伝説」といった民俗学関係以外は、学問上の成果も歌も原則として「アララギ」にしか執筆しなかった。折口信夫としての学問上の展開も、釋迢空としての歌も歌論も、「アララギ」だけを発表の場所として、そこで醸成されていったのである。

釋迢空の名はまずは有力な評論の書き手として現れた。大正四年十月号には赤彦歌集『切火』について書いた長文の「切火評論」、十二月号には白秋歌集『雲母集』を評した「雲母集細見」、この釋迢空という見慣れない名前に注目した人は多かっただろう。歌が「アララギ」誌上に見え始めるのは、一年後の大正五年九月からである。同月に『口訳万葉集』上巻が上梓されているので、その仕事に傾注していたということか。[*3]

其の頃アララギへ突如として、同人が一人加つて文章に歌に頻に異彩を放つてゐた。先生を以つて言はしむれば「あれはもともと学者だ。学者だけれども普通のそれのやうに、訓詁註釈だけをやつて終れないのだ。」「あの男が初めて俺の処へ来たときに、変な男がやつて来たなと思ひしないいお茶あ飲みしないぼつぼつと談して見ると、歌のことなら何《な》んでも知つてゐる。うん、アララギなどははじめからのものを、悉く読んで知つてゐた。今迄ぢつと隠れてゐたんだ」「どうもアララギは家柄がいいだな、いい人がはひつて来て——。」

（両角七美雄「追憶」、「アララギ」島木赤彦追悼号大正十五年十月号）

赤彦と同郷だった両角七美雄の回想である。名は現れないが、明かに釋迢空が初めて訪れたときのことである。もともと学者だが、歌のことなら何でも知っている、アララギなどは初めから悉く読んでいる、いい人が入ってきた、と赤彦はよろこんだ。

赤彦は、万葉集研究に驚くほど熱心であった。迢空が赤彦に紹介した万葉学者の友人武田祐吉も、「研究心の強かつたことは驚くべきことで、下問を恥ぢぬ態度」があった、しばしば万葉集の学書の所在を尋ね、わかるとどこへでも見に行った、些細なことでも不審があれば追究した、と追悼号（前掲）に回想する。

あるいは歌人河野慎吾の回想によれば、「学者は学問を私すべきでない、今の学者は狭量で困る、佐佐木博士なども貴重な文献を公開する義務がありますね」（前掲）と憤懣を洩らしたこともあった。また、元暦万葉集が発見されたが古河男爵家の金庫の中でどうすることもできず、見たい見たいと念じていたところ、森鷗外が、百部だけ写真版が有志に配布された、僕のところにも一部あるから見たまへと貸してくれた、「自分は忝なくて涙がでた。尋ねる子供に行会つた気持ちだつたのですね、どうも一生懸命に念じてゐると、いつかぶつかるものだ」（前掲）とよろこんだこともあったという。

こういう赤彦であったから、沼空のアララギ加入はことにも大きな力を得た思いがしただろう。斎藤茂吉著『続明治大正短歌史』大正五年の項によると、土岐哀果に対して赤彦・茂吉が万葉集のこと、歌の言葉のこと、歌の写生ということなどについて論戦し、歌壇の注目をひいたと述べ、続けて「釋沼空氏の万葉論、武田氏（筆者注・祐吉）の家持論等は、共に新しい看方であつて、作歌に万葉調を唱道して居るアララギに此種の論文の載ったといふことも極めて当を得たものであつたのである」と紹介する。茂吉もまた、沼空加入をよろこんだ。

沼空は、学問的基礎を持った万葉集研究者として、また近代知識もあり歌にも詳しい評論の書き手として、はじめからアララギの主要な戦力として遇された。ことに編集をしている赤彦にとっては、自分の歌のいわば崇拝者でもある沼空が近隣にあったことは、懐刀を得たような力強い思いがしたのではないか。往来はしばしばだった。追悼号には、つぎのような赤彦の歌を引用しながら、沼空が当時を回想するくだりがある。赤彦の自選歌集『十年』の初めの方は「かなり交渉が深かった」「個人としても、私は非常に影響をうけた」と述べて、次のように言う。

（略）唯一首私に関した歌が、久保田さん（筆者注・赤彦）にあります。

をりをりは、ものにさそひに来る人の、今日も来るやと親しみて居り[*4]

その頃よく講釈や、落語や、芝居見物に、久保田さんを誘ひ出しに行つたものです。さう言ふ時分の事でした。私は、金富町のお針屋の二階に、金太郎といふ子飼ひの学生と、二人で一つの六畳の部屋に住んで居りました。やはり近所の下宿に大阪から連れて来た学生がゐまして、それが毎日来ては、私のそばに居りました。久保田さんが来てくれた度毎に居たものですから、三人同居してゐるのだと思つたらしいのです。尤、久保田さんも、苦しい時代であつたと思ふ。（略）私も、久保田さんも苦しんでゐた時であるから、私の方のことも考へて居てくれたかと思ふ。久保田さんのその時分の印象が、私には深く残つて居る。私はその当時の影響をいつまでも感銘して居る。（以下略）

（「島木さん」、「アララギ」島木赤彦追悼号：前掲）

「私も、久保田さんも苦しんでいた時」というのは、経済的窮迫とともに、いまだ学問や歌に芽が出ない雌伏の時期の苦しさを指すのだろう。

一年ほど経って、大正五年九月号に歌を発表しはじめた迢空は、いよいよアララギに精力を傾注するようになった。「「あららぎ」の歌をもつて行くと、久保田さんは色々相談相手になつてくれ、殊にさう言ふ点（筆者注・才能や知恵の芸術に行かないように、感傷的な気分を恣にしないように）を指摘して、注意を与へてくれた」（「島木さん」前掲）というように、しばしば意見を仰いでは研鑽した。

その年の暮十二月には、沼空の奔走によって、橘守部の『万葉集檜嬬手《ひのつまで》』を「アララギ」特別増刊号としてアララギ発行所から出版し、世の好評を得た。五月か六月頃、写本を早稲田大学図書館に沼空が見つけ、赤彦に言うとすぐに公刊しようということになったという。赤彦が茂吉・千樫・憲吉に相談すると即座に賛成、沼空は佐佐木信綱を介して孫である橘純一を紹介してもらった。

『万葉集檜嬬手《ひのつまで》』巻末には、橘純一による「橘守部年譜」、佐佐木信綱の解説「橘守部の万葉学」、沼空の「橘元《ノ》輔源《ノ》守部――守部評論」、赤彦の「編輯所より」を付している。

□（略）上野の図書館をはじめ、朝倉屋や琳瑯閣をあさつても、見出すことのなりかねたこの書物の名が、ある時ひよつくり、国学とは縁遠い、早稲田大学の図書館のかいあどのなかに、見つかつた時の喜びは、非常なものであつた。（略）さうした縁の深い守部の檜嬬手が、島木・斎藤・古泉・中村四兄の心づくしで、世間に弘まることになつたのは、わたし一人にとつて、名状しがたい喜びが、胸にたぐるばかりである。

□しかし尚、其ほかに一つ、感激の禁ぜられないのは、右のアラ、ギの幹部の人々（筆者注　島木・斎藤・古泉・中村）の、美しい心持ちである。金まうけや、広告の手段としては、損失の見え透き過ぎてゐる、此種の復刻事業を、やつて見よう、と思ひ立たれた其動機である。其は、われ〳〵は、正岡子規を祖とし、伊藤左千夫を宗とする者なるが故に、万葉びとの生活を渇仰し、其心熱を、大正のわれ〳〵の胸に蘇さむ、と努むる者なるが故に、といふ自覚、単にこれだけの理由で、同人並びに、他の世間の人々に、此の欣びを分つ、といふそろばん珠では弾き出されない得分を収めよう、と思ひ立たれた心である。

（「橘ノ元輔源ノ守部——守部評論」）

守部論の導入に、このように沼空は述べた。赤彦は「編輯所より」で、「みんな即座に賛成はしたが、実行の方法は誰も考へつかない」「檜嬬手の公刊は『アララギ』の力としては少し無謀であつた」が、着手してから四ヶ月目にアララギ特別増刊として発刊できたとし、さらに次のように述べた。

釋沼空氏は刊行の初から終まで大小の事殆ど一身に引き受けて下さつた。釋氏無かりせば此の事決して成らざりし事と信ずる。釋氏研鑽の至興、氏を駆つて此に至らしめたことに対して、私は衷心からの快感を覚えると共に、我々として比較的大きな仕事を完成させて下さつた御高志を感謝せねばならぬ。

写本の復刻という、資金も手間もかかる仕事を、赤彦と迢空とふたりが心を合わせて短い期間に成就したさまがうかがえる。迢空の「橘《ノ》元輔源《ノ》守部――守部評論」は、素人目にも研究者としての厚みの見える長文の評論であった。赤彦も迢空を充分に遇しており、これを読んだ他のアララギ同人たちもその実力を知る思いであっただろう。

翌年大正六年三月号から迢空は、幹部同人として会員投稿歌の選歌欄を分担担当することになった。このときのうれしさを、草稿のまま発表しなかった「半生の目撃者」（全集第廿八巻三九頁）につぎのように記す。

> 私があらゝぎ同人の数人の中に加へられたのは、文明さんと同時であつた。文明さんは、其座では固く辞退した。文明さんの拒絶してゐる口状を黙つて聴いてゐた。（略）文明さんは、私が前から内心羨んでゐた歌の作者として、あかね時代から持ち越して、左千夫先生の手許で育つた。因縁から言へば、最深いあらゝぎ同人である。其が、やつと同人に加るのと、編輯や、選歌を托せられると時を同じうして、私が仲間入りして、伝統正しい根岸派の宿因的に正統と言うて誰憚らぬ（略）あらゝぎ派而も、時代を作らうとする形勢の著しくなつた朋党の首座数人の末席に直されようとしてゐるのだ。

三矢重松の推薦によって國學院に教職を得たときに「天にも昇る心地のした事は事実」[*5]だが、

これで生活が安定するという「不純な一点」があった。「其でほんとうに心をうちあげての喜びに、金太郎と共に浸ったのは、あの夜の歓喜に越すものはなかつた」と告白する。「あの夜の歓喜」とは、アララギ幹部同人に推薦されたその日の夜のことである。赤彦とのつきあいにしても、「かうした長い渇仰の対象に友だちづきあひ出来るといふ現実が、不可思議にさへ感ぜられた」。茂吉という「其第一人の近い座に据ゑられた事は、ほか〳〵温められてゐる有頂天に近い独り笑ひを誘はずには居なかつた」。それほどに幹部同人推薦はうれしいことだった。

もちろん右のような迢空自身の言葉を借りずとも、「アララギ」誌面だけを見ても、大感激のうちにあってアララギのために尽くして働こう、選者として恥ずかしくないように自分の歌ももっと研鑽しなければいけない、といった一途な青年らしい意欲をもったことが伝わってくる。

六月号の「文芸運動に於ける朋党」なども、アララギの「朋党」意識を弁護したといっていい、アララギのために論陣を張った文章であって、その気負いが伝わってくる。

「個性を没却する朋党、世間的価値を高める方便としての朋党」は絶対に否定されなければならないが、アララギにおいては、左千夫を中心とする師弟関係にいながら、その態度は朋党に極めて近いものであった、「茂吉・赤彦両氏の如きは、従来の師弟には見られない程に、突き詰めた態度でゐた」し、三井甲之との関係もそうである。このような相争い、相主張する雰囲気は、左千夫の開放的な態度から導き出されたもので、こういう経緯を持つアララギは、新しい理想の朋党の形に近づいているものだ、という。

すなわち、文壇における正しい意味の朋党とは、それぞれがてんでに欲する所に従って運動を恣にしているような、折れ合いなく、圧迫なく、多数決のないものでなければならない、このような理想国はただ文壇においてのみ建設できる。それぞれが恣に運動するようなところで、なぜ朋党を組む必要があるかというと、「われ〲はまづ、人間の儚さを思はねばならぬ。優良な天才も、結局微力な文壇人に過ぎないのである。かういふ人々が、自ら価値を向上させ、力あらしめ、常若ならしめ、満ち溢れしめる為には、朋党の雰囲気に頼る外はないのである」。

実際、迢空は、アララギに加わって初めて研鑽し合う歌仲間というものを得た。孤独な営みよりも、「朋党の雰囲気」こそは才能を活気づけ、向上せしめるという思いは実感でもあっただろう。

大正五年六年のアララギは、先行していた茂吉の創作力が一頓挫をきたし、赤彦、千樫、憲吉ら青年歌人たちが自らの歌の方向をさぐりながらしのぎを削り合っている、新しいアララギの胎動期であった。そのなかに迢空も新参の同人として、赤彦のちかくで実作に励み、試行錯誤をしていた。

二、切磋琢磨する同人たち

a　茂吉・赤彦・千樫……「女性的」という歌評語

長塚節は、九州の病院から高熱のなか、大正三（一九一四）年四月号に「茂吉に与ふ」「千樫に与ふ」という二つの文章を寄せた。

「アララギ三月号早速拝見した。歌がどれもこれも君の模倣ばかりなのには喫驚してしまつた」(茂吉宛)、「今アララギには斎藤君の模倣が充満して居てほとんど鼻持もならぬ。しん〳〵といふ言葉でも実に驚くほど多く多用されて居る。悪口をいへば三月号はしん〳〵号と改めてもいゝ位です」(千樫宛)と書いて、茂吉には歌の品位ということを理解し鑑賞の目をもっと養うようにと、千樫には大兄の如きまでが模倣に走っているのは悲しむべき現象だと、懇切な忠告をした。

それほどに『赤光』の影響は、同人たちに大きかった。赤彦は、翌年二月に第二歌集『切火』を出版したが、やはり『赤光』に追随する、ゴッホ・ゴーギャンなど後期印象派絵画の影響濃いものだった。阿部次郎が「八丈島の歌に至つて貴君の歌は又新しい境地を拓いた」(「『切火』につきて」大正四年七月号)と評価してくれはしたものの、しかし、赤彦の質も千樫と同じく、茂吉のようには高い緊張度を持った〈燃焼する自己〉に身を同化させることができなかった。

長塚節の「人間といふものは、自分の天分を発揮する外に何もありやしません」「えらい天分を持つたものはえらくなります。それは真似ることはできません。そのえらいえらくないも一様ではありません。人の下男に終わつても百世に伝へらるべき人間もあります。いさゝかでも模倣は許されません、どうですか。」(「千樫に与ふ」)という、心からの忠言は、赤彦の胸にも響いたことだろう。赤彦は、「写生」の初心に還ることによって、茂吉の影響から脱しその克服をはかろうとした。

青山のふか山の湖の光り波日は輝けど風の冷《すず》しさ
昼ふくる土用の湖の光り波ひかり揺りつつ嵐はつのる
嵐の湖揺りゆる栗樹《くり》の青いがに燕の雛の群れてゐる見ゆ
夏の日の嵐の中の栗樹《くり》のいが揺りにゆれども燕は飛ばず
ひつたりと吹き撓《しな》ひゆく栗樹の梢燕静かに居りにけるかも
嵐のなか起きかへらむとする枝の重くは動け青毬《あをいが》の群れ

島木赤彦「雛燕」、「アララギ」大正五年九月号

やがて大正五年秋、右のような歌をふくむ「雛燕」一連は、同人たちを刮目させる。次号の「赤彦の歌を評す」で、中村憲吉はつぎのように述べた。

『雛燕』の聯作は、近来の赤彦の傑作の一である。従来の赤彦の歌風から見ると此の歌は、第一更に歌調が締つて来た事。第二事象をつかむ圧力。技巧が殊に確実になつたと思はせる事等である。つまりこう云ふ二つの方面に近来赤彦の意識が著しく集注して来ているのではあるまいか。（略）かくして此の歌の全体の欠点を求めれば、いま少し作者の内体とか主観とかがいま少し露に流動してゐてもいゝかと思ふ。

沼空は、掲出歌五首目について「二句は写生の威力を示したものといはねばならぬ。此句ほど、鋭く、寂かな自然界の写生は、これまでの氏にも見たことはない。感涙の催すやうな句だ」と評し、「ともかく問題を提供することに於いては氏は確かに今の歌壇での第一人である。不断の精進は推讃に値してゐる」と述べた。

さらに古泉千樫は、「大体に於て九月号の君の歌はよいと思ふ。近来の君の作中最も振つて居る方であらう。境地が新しい上に、現はし方に非常に骨を折つて居て、一首一首がかなり色濃く出てゐる」と述べた。

土屋文明だけが、「作者のねらひ所は外界の事象の実相をとらへて、それによつて内的生活を表現しようとして居るのらしい。これは恐らく誰にも異存のない考方であらう」と理解をしめしながら、「外に認める外界の事象が実在である」のと同様「内から発する言葉も実在」であるから、「言葉を外界の出来事を伝へる道具だけに用ゐることは、芸術的表現法としては、根本的の欠陥を蔵する」と、留保をつけている。

「作者のねらひ所は外界の事象の実相をとらへて、それによつて内的生活を表現しようとして居る」と文明が指摘するように、眼前に捉えた外界の事象を言葉に描きとる、そのことだけに全力を傾注するところに、同人たちのいう「新しさ」が生まれ得た。赤彦の歌には、言葉の芸術にたずさわる者としての、張りつめた、一身をあげての無私の力が発散している。大正五年から六年にかけては、「アララギ」誌上に茂吉の歌のあらわれなくなっていった時期だったが、それは同時に赤彦が赤彦として立ち上がってくる白熱した期間であった。

他の同人たちは、一歩ぬきんでてきた赤彦の歌に刺激されながら、それぞれの歌を苦しみながら作り上げていこうとしていた。それは沼空としても同じである。ことに、大正五年十一月号の「千樫の歌を評す　千樫論」と大正六年五月号の「岡麓論」は、歌の方向を探し当てていく過程にあって、沼空の関心がどのようなところにあったか、うかがわれる評論である。

沼空は「千樫論」において、まず冒頭に「服部躬治氏の指導を受けられたものと想像してゐたほど、旧文庫派の歌風に似た、主観客観融合の美しう行はれた歌を作つてゐられた。その頃私は歌の理想はさうした境地に達することであると信じてゐたので、躬治氏韜晦以後、この人の歌を見出して、優美を欲する心にやつと満足させることが出来たのである」と述べた。

そのような「以前情調本位であつた」千樫としては、この頃の歌は説明病がひどくなってきた、「気分的、象徴的に進まねばならぬ場合にも、此頃の氏は描写一偏でおし通さうとしてゐられるやうである」という。

しつとりと五月朝風街を吹き乳の匂ひの甘き花あはれ　　古泉千樫

作者の弁によると「物の臭ひにふと忍冬の記憶を呼び起こした」ことをうたったというが、そういう内容をこの形から感じることはできない、「ことわりすぎて、微妙な情調を表はすのに、描写をもつてかへてゐる」からだ、といふ。あるいはまた、

白き蝶まなこに光り一つ飛べり七月まひる街は静けく　　古泉千樫

の、「まなこに光り」について、「この「まなこ」は「目のまへ」「目路」「目さき」「まのあたり」とも説けるし、また「視覚をば瞬間刺戟して」とも解《と》られる。此は不用意でさうなつたのでなく、故意にさうならしめたのである。一二回の試みに止めて貰ひたいものである。なぜなら、男性的な、併しでりかしいいを失うた、徒らに線の太いものになる虞れがあるから」と評した。

「男性的」なものになるというこの評に関わっては、長塚節生前、先に述べた「茂吉に与ふ」「千樫に与ふ」につづいて、大正三年六月号に「齋藤君と古泉君」と題する談話の掲載があった。二人の郷土の地形や気象や風土が異なっているところに歌の質の由来を見て、茂吉模倣の痕跡のある千樫の歌に反省をうながす、旅行家らしい長塚節の批判である。

「自分の眼に映じた最上の自然は一言にして尽せば豪宕にして着実である。齋藤君は斯ういふ郷土の仏教信者の家に生れたのである」。「古泉君の成長した房州の自然は非常に相違の点を有してゐる。織細にして優雅な趣が房州の到る所に存在してゐる」。「齋藤君のは強い力の芸術である。さうしてうまく成功して横行濶歩してゐるものである。古泉君のは一体に優しい芸術である。只

遺憾乍らうまく成功してゐるものに逢着する事が少ない。齋藤君の歌は男性的で古泉君の歌は寧ろ女性的である」。「古泉君の歌の特色の一つとして我々の眼に映ずるところは優しいさ、つ、ぱ、りとした淡々しい趣味である」。

茂吉の出身地である山形の蔵王麓あたりの風景と風土とを男性的とし、千樫の出身地である千葉を穏やかな女性的な風土であるとして、茂吉ばかりでなく、千樫ももう少し頑張って自分を生かした方向の歌を完成させ、並び立っていってもらわなければ困るではないか、というのである。長塚節はいう。

強い力といふものは他を圧倒する。さうして人は動もすると自己の個性をも没却してそれに追随しようとする。さういふ人は力といふものゝ理解がないからである。大力士になるために猛烈な稽古を敢えてする事には非常な力が籠つてゐるけれども風にも堪へぬやうな少女の姿に扮するために非常な苦心をする俳優の態度にも強い力が籠つてゐる。鉄槌を以てすれば人の頭骨を砕く事が容易である。それは恐ろしいに相違ない。併し糸の如き銀の鍼を以てしても人の生命を断つことが出来る。要するに核心に触れればいいのである。夫れは自己の真実から根ざしたものでなければならぬ。人にはどんな弱いものでも何処かに一つの強い力を持つてゐる。夫れで無ければ社會に生存して行く事は出来ない訳である。

注目したいのは、長塚節がじつにフラットな感覚で「女性的」という語を発しているところである。「齋藤君の歌は男性的で古泉君の歌は寧ろ女性的である」という、この「男性的」「女性的」になんら価値的な意味合いは入ってはいない。たんに特性の違いを指ししめす語にすぎない。そういうふうに「女性的」という語をつかったからといって、反発や反感がくるとは予期すらしない、ごく自然な口ぶりである。もちろん、現実は男尊女卑道徳の浸透した社会に生きてそういう価値観を内面化している普通の男性にすぎない長塚節であるはずだが、歌評語としての「女性的」にはそれが反映していないところをまことに興味深く思う。

明治三十年代初頭に正岡子規に直接まみえた伊藤左千夫・長塚節を根岸派第一世代とすれば、明治三十年代末、伊藤左千夫に出会ってアララギに集まった島木赤彦・斎藤茂吉・古泉千樫らは根岸派第二世代といえよう。[*6]

若い迢空は、伊藤左千夫の手許で研鑽している根岸派第二世代古泉千樫の「女性的」な歌や、島木赤彦のげんげんの花の歌の感傷に、遠くから心を震わせていた。師としての伊藤左千夫もまた、長塚節と同様、千樫や赤彦が本質としてもつ「女性的」な抒情や感傷をその歌に否定せず、充分に引き出していたのである。すなわち根岸派第一世代にあっては、世俗的な男尊女卑の価値観念とは別に、歌の上においては「女性的」という評も、「女性的」な抒情も感傷も、それは一つの特性であった。もっと言えば、和歌とはそういうものであった。根岸派第一世代の時代、世の中に和歌はまだ生きていたのである。

ところが大正期に入ると様相が異なってくる。茂吉は、大正四年の『切火』合評中、つぎのように評した。

人に告ぐる悲しみならず秋草に息を白じろと吐きにけるかも　（「御牧が原」の中）

○茂吉曰、（略）いゝ恋歌であると思ふ。（略）ただ涙もろく甘いところは四十男に似ざるものがある。もつとかんかんと乾いて鋭く目《ママ》つめる性の心を予は四十男に欲する。

（「『切火』の歌合評其の二」大正四年七月号「アララギ」）

かうなれる心は今は堪えられね車はすべる夜ぶかき土を　（「十年」の中）

○茂吉曰、だらだらと延びた。『かうなれる』などは『かくなれる』と言ひたく、『心は今は』なども何となく不愉快に響く、つまり定過ぎた女の感傷的な冗漫な言語を聞いて居る様で不愉快なのである。

（「『切火』の歌合評其の三」大正四年八月号「アララギ」）

茂吉は、歌のなかに「涙もろく甘い」四十男を見いだして腐し、「定過ぎた女の感傷的な冗漫な言語」を聞いて嫌悪する。歌の評価と、世俗的な男尊女卑の価値観とが直結している。和歌というものの理想形のイメージが失せてしまって、歌の評価にも世俗の男尊女卑を反映するような、そんな時代へと移っていっている。

先に引用した迢空の「なぜなら、男性的な、併しでりかしいを失うた、徒らに線の太いものになる虞れがあるから」も、「男性的」な歌は当然「女性的」な歌より優れているはずだ、男性的になるのがなぜいけないのか、という世俗的な価値観による裁断を予測しての物言いであろう。それゆえに、「でりかしいを失うた、徒らに線の太いものになる虞れ」と語を付け加えるのである。

大正時代に入って、旧派和歌がしだいに世に衰えてゆき、新派和歌が短歌として本格的に興隆するにしたがって、「男性的」な歌調がもとめられるようになる。かつて、左千夫のもとでは「女性的」な質や抒情性感傷性を充分に展開できていた赤彦も千樫も、そのようには歌がうたえない時代に入ってしまったのである。

現実生活における赤彦は、きわめて強い儒教倫理的な男女観をもっていたから、茂吉の歌評はこたえただろう。赤彦は、新しい時代の短歌に生まれかわるために、茂吉に指摘されたような「涙もろく甘い」感傷性や「定過ぎた女の感傷的な冗漫な言語を聞いて居る様」な調子をうちにねじふせなければならなかった。こうして「鍛錬」による「写生」をもって主観を排し、感傷的な「女々しさ」を回避する行き方を拓いていく。堪えられないところを堪えきっていこうとするところ、そこに家父長としての姿が現れるのである。

そういう克服を自らに課した赤彦は、しばしばその歌評や評論に男女の比喩をもちいて、女々しさを口をきわめて厭うた。[*7] たとえば、前田夕暮歌集『深林』に対しても、「全体の何処にも引緊まつた所がない。男の調子でなく、女の調子である。女性でも近頃は、もっと引緊まつてゐるやうである」(「歌集「深林」の著者に呈す」大正五年十二月号「アララギ」)と、かつて茂吉から受けたのと同じような評を夕暮に与えた。

このような時代の趨勢にあって、あれほど長塚節に懇切な忠告を受けた千樫も、「女性的」な本質を生かすというそれ自体に困難を感じなければならず、一方、赤彦のように回避して「描写一偏でおし通さう」（沼空）としても、うまく行かなかったのであった。

b　岡麓……都会人として

大正六年五月号の「岡麓論」においては、沼空はまず「どっしりとした古典の根ざし」のうえに、幾変転を経て万葉ぶりに進んできているというところに注意を促す。「古今から新古今へ、新古今を出て万葉となるのは古典から出た人の、新派和歌に這入つた正当の順序である」。こういう岡麓の経歴に、アララギ入会以前、万葉と古今・新古今の影響とを同時に混在させていた沼空は目をとどめる。一世代古い伊藤左千夫や岡麓たちと茂吉たちの間には、歌の経歴の上で世代的な断絶があった。子規・左千夫や麓たちと違って、茂吉以降の新しい「アララギ」の世代は、子規の古今集否定を大前提として、直接に万葉集から歌を学び始めている。沼空は、自分が古い世代に親和性を持っていることを自覚していた。

さらにまた、岡麓が江戸人の本流を行く都会人であることを指摘する。

四月号発表の歌について、「人事の「異教徒」よりも、詠物の「早春」の優れてゐたのが、當然進むべき道に入りたゝれたのだ、と思うて嬉しくてならぬ。わたしは氏が今後この態度を持して、あくまでも人事の観照に努められる事を望んでいる。田舎もの丶多いアラ、ギをはじめ、他派の歌人仲間には到底、氏だけの接触面を人事に持つ事の出来る者はないのである」という。ようするに江戸の都会人であるところから来る執着の薄さを克服して、詠物に対すると同様の観照の態度をもって人事に向かい、人事の領域をひらいていってほしい、というのである。

このわかれとはの別れと異教徒の目にはさびしく十字架が見ゆ　岡　麓

「大正五年十一月聖心女子学院長逝く」という詞書のある「異教徒」一連は、教会の葬儀に慣れない一異教徒として参列した歌である。「とはの別れ」とは、「浄土を異にする異教徒の別れであつて、單純な死別の意ではなからうと思ふ」と迢空は理解した上で、次のようにいう。

かういふ純抒情の歌では、心熱をつきつめて行つてこそ、徹底した観照の境地に達することが出来るので、氏が何処までも客観を盛り上げて行つて、主観に変転しようとしてゐられるらしいのはよくない。（傍点は原文）

対象が人事であるならば、あくまでも人事の観照につとめるべきであって、「何処までも客観を盛り上げて行つて、主観に変転しよう」とするのはよくない、という。

赤彦の行き方が成果をあげて、同人たちに大きな影響を与えていた。しかし、迢空は、追随しておのれの質を見失っていこうとする同人たちに警告を発する。赤彦の歌のような「外界の事象の実相」を言葉の働きによって描き取ろうとする方法はそれはそれとして、なお内界そのものに向かう方向が残されているはずだ、とくに千樫や岡麓や自分のような質を持ったものには別の方向があるはずだ——そういうのであった。

田舎人に対する都会人、江戸文化に対する大阪文化などの問題が、迢空の意識のうえにしきりに上ってきていたことがわかる。論のみならず、迢空自身も実作のうえで人事の歌の試行を繰り返していた。

三、口語的発想

かゞやかに穂並《な》みゆすれて吹きとほる麦原《ふ》の底の風はほとるも

大正六年六月号「麦畑」より

かゞやかに　穂並みゆすれて、吹きとほる　麦原《ムギフ》の底の風はほとれり

『海やまのあひだ』

片つ枝のすがれはまほにあらはに見ゆ日だまりに照る夾竹桃の花

大正六年八月号「夾竹桃」より

片枝のすがれは、まほに　あらはに見ゆ。日だまりに照る　夾竹桃のはな

『海やまのあひだ』

大正六（一九一七）年に入った迢空は、精力的に歌を発表した。六月号に四十八首、八月号にも四十八首。麦畑の歌も、夾竹桃の歌も、素材や語の選択に赤彦の歌の影響を感じさせられるが、いわゆる写生の歌に修練を積み、外界の事象を、適確な語で捕捉することができるようになってきていた。

また、この時期の迢空の試行錯誤の一つに、短歌の口語的発想の問題がある。

この森のなかに誰やら寝て居ると話しごゑして四五人とほる
此《こ》は一人《ひとり》童子坐《ゐ》にけりひよつくりと森の熟寝《うまい》ゆ覚《さ》めし我が目に

大正五年一二月号「森の二時間」

この森のなかに　誰やら寝て居ると、はなし声して、四五人とほる
此《コ》は　一人　童児坐《キ》にけり。ゆくりなく　森のうま睡《イ》ゆ　さめしわが目に

『海やまのあひだ』

一首目は、迢空のいう「口語的発想」が一首全体になじんでいる。二首目は「ひよつくりと」

という一語が目立つ。のちの『海やまのあひだ』収録時に「ゆくりなく」に改めたのは妥当だが、連想するのは茂吉の『あらたま』編輯手記に記された多数の改作例である。〈ぽつかりと朝日子《あさひこ》あかく東海《とうかい》の水《みづ》に生まれてゐたりけるかも〉を〈ゆらゆらと朝日子あかくひむがしの海《うみ》に生まれてゐたりけるかも〉に改作したように、大正五年あたりの茂吉は跳ね返るような響きをもった口語をたくさん使っていた。茂吉のみならず、白秋にも同様の関心があった。「口語的発想」による新しみは、この時代の大きな課題であった。

赤彦の『切火』にも、迢空は「口語的の情調」を見出している。

前集に胚胎したもので、『切火』に到つて、著しく現れた傾向を述べると、第一に単語としての口語でなく、全体の上に、口語的の情調を採り入れようとしたことと。これは「アララギ」の幹部が都会人でなく、質朴な片山里出の人々であつたことに、負ふ所が多いが、茂吉氏は題材の上に、赤彦氏は形式の上に、この傾向が著しく見える。

（『アララギ』大正四年十月号「切火評論」）

「咲くところにはかたまり咲くも」「かうしつゝ膝をならべて居る心」「こらへられねば寝なとこそいへ」のような例をあげながら、「何れも万葉の古語に介在してゐながら、単語としてゞなく、口語的情調を一首の上に光被してゐるのは、此集を初めとするというても過言ではあるまい」と、沼空は高く評価した。茂吉は「かうなれる心は今は堪えられね」のような語調を「だらだらと延びた」「定過ぎた女の感傷的な冗漫な言語を聞いて居る様」と難じたが、沼空はこれを一首全体に方言的な口語情調がうかがわれるところとして、弁護するのである。

また、大正六年三月号には「短歌の口語的発想」を書き、同時に「試験」八首のような口語発想の歌を試作した。

ひょっくりととんでもなき問ひをかくる子か静まりかへる生徒のなかゆ
部屋の隅ひっそりとしてほの暗きそこに鉛筆けづりゐる音

「短歌に口語をとり入れることは、随分久しい問題である。さうして今に、何の解決もつかずに、残されてゐる」（大正六年三月号「アララギ」）という出だしで始まる「短歌の口語発想」を概述すれば、以下のようになる。

――いつの時代にも文語と口語の区別はおおよそ立っており、口語そのままは文語とはならない。二葉亭や美妙の時代を過ぎて大正の現代には、口語文は形式をそなえて文章語となってきた。俊頼は名詞に口語を取り入れ、西行は会話語が動詞副詞にも混じっており、景樹になると「一寝入りせし花の蔭かな」「それそこに豆腐屋の声聞こゆなり」のように口語をもって文語的発想をしている。文語即ち古語・死語・普通文語ばかりでなく、口語の発想法をとりいれなければならないところに立ち至っているが、「口語的発想法を用ゐるなら、歌全体に脈搏の伝ってゐるものでなくてはならぬ。水に油を雑へたやうなものであつては」ならない。白秋の「たまらず雀が可愛くなるの」のように、「部分的に口語と文語の発想法が存在してゐるやうでは駄目である」。また口語的発想は散文に流れやすい。「口語的発想法を用ゐるには、厳密な観照態度を用ゐなければならぬ」。観照を怠ると作者の小主観を現す不快な口語となる。この数箇条の用意を忘れて口語短歌を作れば必ず失敗するだろう。「譬ひ短歌全体を口語で組み立てゝも、畢竟無駄な話しである」。

繰り返して補足すれば、迢空が口語というとき、それは明治以後に生まれたいわゆる標準語ばかりを指すのではない。大正六年、日向の国を旅した随筆のなかで、そこでの土地の人々の言葉がわかりにくく、方言を嘆きたくなるおのれを叱っているくだりがある。「言語や国語の学問に於るわたしの先輩の人々がどうかすれば、国語の中央集権を実現しようとするのを見て、いつも快らず思うたお前ではないか。わたしの先輩はどうしてさうてつとりばやく政治家と妥協をして、もっと斯方言を味わうて、国語の本質を摑まうとしないのかと憤りさへしたお前ではなかつたか」（「街道の砂」大正六年十二月号「アララギ」）、と。「国語の中央集権」を否定し、方言から「国語の本質を摑まう」としなければならないという考え方が迢空にはあった。方言はしばしば古語の残存形態でもある。『切火』の歌の「口語的情調」は、その点において一歩をすすめたものと評価するのである。

口語はそのままでは文章語とはならない。文章語となるためには形式化が必要である。また歌全体に脈搏のつたわるような口語的発想でなければならない。歌の歴史に造詣の深い迢空ではあったが、しかし、いざ実作となると思うようにはいかなかった。「試験」八首のような口語的発想の歌は、『海やまのあひだ』ではすべて否定されなければならなかった。

註

＊1　斎藤茂吉「アララギ二十五年史」には、大正五年末の橘守部「万葉集檜嬬手」の出版が機縁となって「釋迢空氏はアララギに親しく関係するやうになつたのである」とある。茂吉が、迢空の存在に注目したのが、この出版以来であったのだろう。出詠は大正五年秋からであり、迢空自身が言うようにアララギ「復帰」は大正五年としてもよいが、本書では赤彦との交流がはじまり、「切火評論」を寄稿した大正四年秋を迢空のアララギ時代の始まりと考えたい。自撰年譜大正四年の項に「十二月、「雲母集細見」を載せ、赤彦を富坂の宿に時々訪う」とある。赤彦も下宿生活であって気軽に往来し、たがいに刺激しあうような会話が交わされたに違いない。赤彦の筆ではないが、十二月号「アララギ」編輯所便にも「釋迢空氏大阪市南区木津に転居いたされ候」と消息を記された。迢空のアララギ時代は、赤彦との交流に始まり、その訣別によって終わる。

＊2　全集第卅一巻所収の著述総目録には、大正十一年一月の項に「万葉集短歌輪講　五十八」がアララギ掲載として掲げられているが、アララギ同年同月号の「万葉集短歌輪講」執筆者は赤彦と茂吉のみであり、迢空の名はない。

＊3　加藤守雄「アララギにおける迢空」によると、その頃、ついに大阪に帰らなかったために仕送りが途絶え、経済的に窮迫していた。友人の武田祐吉の世話により、翌年一月から半年間坐りっぱなしで

後述筆記により口訳万葉集に取り組んだという。

＊4　大正九年二月号「アララギ」の赤彦作品「二階」八首中最後の二首に「時々に物に誘ひに来る人の今日も来るやと親しみて居り」「彼《か》に向ひ物を言ふことなかるべし物言はずしてつひに終るか」がある。『氷魚』所収。この時期は、赤彦が「臆病」の語に憤激を露わにしたのちのことであり、関係が微妙になり始めていた。右一首目を沼空が自分をうたった歌と断定するのは、そんな時期の赤彦からのひそかなメッセージとして受け取っていることを示す。沼空の受け取った赤彦二首の意は、出会った頃は今日もまた来るかと心待ちにして親しく思ったことだった、今は心も離れてしまったがその理由を彼に向かって言うことはないだろう、言わないままついに終わってしまうだろうか、というものである。

＊5　引用は順に、全集第廿八巻四四・四五・四五・四六・四七頁

＊6　慶応三（一八六七）年生まれの左千夫が子規より三歳上、長塚節が明治十二（一八七九）年生まれで赤彦より三歳下、茂吉は明治十五年生まれ、千樫は明治十九年、沼空は明治二十年生まれ。年齢から言えば、左千夫と子規がほぼ同年代、十年ほど隔てて赤彦、節、茂吉、千樫、沼空の順となる。

＊7　一例としては、本書第四章に触れた島村抱月没後の文章「卓上偶語一七〇鍛錬と徹底」。「元来男性の女性に対するは、極度まで圧服し得る威力を備へなければ、女性の心理に持続を求むることは六ケ敷いものである。この威力の上に繋るゝ愛によつてのみ女性も生き男性も生きる」「女性に対し絶対の威力を持し得るは、只男性がなす自己性命鍛錬の意志力より来る」。「芸道（筆者註ダ・ヴィンチ）に立つて親の臨終の顔を写生する心は、武士道に立つて自ら子の墓を掘る乃木将軍の心である。泣かぬ心は泣いて居られぬ心である」ともいい、男性の自己鍛錬による意志力をもって女々しさを超えるところに徹底があるのだとした。男女論と人生訓と芸術論と何もかも混然一体となっているのが、赤彦であった。

第三章　大正七年の迢空

一、〈夜〉の世界の誕生

大正七（一九一八）年は、五年六年と精進を重ねてきた赤彦の歌の方向が定まり、評価も定まって、ひとつの飽和点に達した年であった。それはすなわち「赤彦風の没主観の叙景が、歌壇を吹き靡けた期間」（迢空）[*1]であり、「アララギに対する批難の声の多い年」（茂吉）[*2]でもあった。

迢空自身の歌も試行錯誤の期間を経て、大正七年はその姿を現し始めた時期にあたる。一月号には、母の挽歌である「汽車して」三十五首を発表した。三月号には「夜道」八首、「初奉公」八首、「二階と下屋と」八首、「三年」八首、「大つごもり」八首、「除夜」八首、「旧年」十八首、「年ごもり」八首、「堀の内」八首、「年酒のあと」八首、「雪」八首、計九十八首を発表した。

この九十八首に対して斎藤茂吉が評した五月号「釋迢空に与ふ」は迢空にとって大きな分岐点となる。翌六月号に「茂吉への返事　その一」を書いたのち、自分は自分である、といった位置に腹を据えてずんずん歩みを進めていっている様子が、その後の歌や文章を見ると感じとられる。ささいなことだが、大正六年三月号より担当している選歌欄の名のつけ方にもそういう意志が見てとれる。「啓蟄集」「姑洗集」といったアララギの他の同人の選歌欄と歩調を同じくする名のつけ方から、「熊檑さす日」「夏かげ」といったふうな柔らかい和語の文脈から採った、いかにも沼空好みらしい言葉を、「茂吉への返事」を書いた大正七年六月号以後は選んだ。

一月号「汽車して」は、茂吉の「死に給ふ母」を思わせるような連作だったが、大正七年三月号の九十八首は、これまでの歌とは大きくおもむきが違う。まず、印象としては、時代の流行であったともいえる、明るいかがやかな、光の満ちあふれてしかも寂しい〈昼の世界〉から一転し、〈夜の世界〉に入っている。

山かげは既《はや》く昏がりこゝの村風呂たてゝゐる柴火のにほひ
村なかに人かげうごく。くらき声子どもも親も軍歌をうたへり
ほのけき香を蜜柑と思ひのぼり行くなぞへのうへに星空光り
道ばたにそよぎかそけきものゝ声うづくまり触る麦の芽ぶきに
くらがりを足音おもくうごき来る牛やりすごす木原の霜に
はだか火を守《も》りつゝ行けり霜光る矮木《ひくき》の梢つらなる丘を
松山はしづまり深しあたまのうへ夜目のたどりに暗くつらなり

家のおとにとほりすがりの旅びとが耳たてをりと人知らざらむ　（傍線は筆者）

九十八首の最初の一連「夜道」八首。夕方から夜にかけての時刻、ものの形の不分明な世界を歌材として選び取ることによって、視覚的把握は弱められ、かわって嗅覚や聴覚が前面に出てきた。こうこうと寂しい光の満ちた〈昼の世界〉を視覚的に描き取ろうとするときのような張りつめた――むしろ力んだといってもいい、無理に張りつめた感じはない。「くらき」「ほのけき」「かそけき」といった迢空の世界が、姿を見せ始めた。

銀座をば帰らむとして渡る橋下くらく鳴る年の夜の波
除夜の鐘鳴りしまひたり電車来ぬをぐらき辻にたゝずみてゐる

これは、「除夜」八首中の二首。一年を一日にたとえるならば、大晦日は真夜中である。橋の下にくらく鳴る川波の音は、その夜も極まったところから聞こえてくる音だ。音は現実感をたもちながら、わずかに現実を超え出ている。「をぐらき辻」に呆然とたたずんでいる姿も、この世ならぬ夜の世界を暗示している。

夜という題材が自らを束縛していた視覚的描写を弱めて、迢空独自の世界が現れ始めたのである。

二、都市生活における人事を叙事的にうたう

大正七（一九一八）年「アララギ」三月号発表の九十八首がそれ以前の歌と大きく違っているのは、もうひとつ、都会生活における人事を叙事的にうたった連作を中心とするところにあった。そういう傾向は、叙景を中心にした連作のあいだに、大正六年三月号の「新橋停車場」、四月号の「清志に与へたる」、六月号の「いろものせき」など、それまでにも少しずつ見えてはいる。

白じろと更けゐるよせの畳のうへ悄然《ぼつさり》と来てすわりぬわれは
誰ひとり客はわらはぬはなしかの工《たくみ》さびしもわれも笑はず

なかでも、右のような、ものさびれた場末の寄席をうたった「いろものせき」は、都会生活を感じさせる成功した一連である。しかし、おおまかに言えば大正七年三月号の作品では、「いろものせき」にあったような抒情性が失せた。そして、都会生活における人事を叙事的にうたうという方向を大胆に展開していっている。

ちぶすやみて死にたる高梨の家の小婢お花のこと。

朝々に火を持ち来り炭つげるをさなきそぶり床よりぞ見し
死に病ひ身には持ちつゝ国とほくお花が来つと思ふに堪へず
病院の寒きべっどにかゞまりてお花はちさく死にゝけむかも
奉公にいさみ来にしをいぢらしき一つばなしにその母哭けり
下《した》に坐《ゐ》てもの言ふべきを知りそめてよき小をんなとなりにしものを
よろこびて消毒を浮くこれのみがわがすることぞお花の為に
くろき目の鼠に似てしお花の顔泣かぬ心にさびしくうごく
泣きてやる人のなかにもまじらはずわれは聴きゐる小をんなの死を

「初奉公」八首。「高梨の家」は、沼空と金太郎が下宿していた家だった。その家の婢であったお花がチブスで死んだ。まだ幼さの残る若さであったお花は、初めて田舎から上京してきてこの家に奉公したのである。

たとえば、この一連を、『赤光』（初版）の連作「おくに」と比較してみればよい。

なにゆゑに泣くと額《ぬか》なで虚言《いつはり》も死に近き子に吾《あ》は言へりしか
これの世に好《す》きななんぢに死にゆかれ生きの命《いのち》の力なし我《あれ》は
現身《うつしみ》のわれなるかなと歎《なげ》かひて火鉢をちかく身に寄せにけり

「おくに」一連には、茂吉の死んだおくにに対する恋情に加えて、死というものに対する茂吉独特の過敏なまでの反応が、強い感傷性として表出されている。そのボルテージの高いエネルギーが、単なる甘い感傷の域から歌を救っている。

迢空の「初奉公」では、そういう感情のエネルギーはむしろ低い。その低さは、歌全体を低調に感じさせる。病を得て死んだ若い婢に対するあわれみの情はわかるとしても、お花を恋していたわけではないし、八首にもする必然性があるのだろうかという疑問は、当然生まれるところだろう。

斎藤茂吉から、「心の持方が少し浮いてゐないか。目が素どほりして行つて居ないか。歌ひたい材料があり余るほどあつても、棄て去るのが順当だと思はれるのが大分おほい。苦労して創めた「連作」の意義がだんだん濁つて来ると、あぶないと思つてゐる」(「釋迢空に与ふ」、「アララギ」大正七年五月号）というような批判が出るのも、もっともなことであった。

だが、迢空は、年若くして死んだお花に対するあわれみの情を、この一連でうたおうとしているのではない。そういう抒情的発想をそもそも採っていない。だから、「思ふに堪へず」「死にゝけむかも」というような抒情的な言い回しにも、歌の主体の発するエネルギー量が低く、物足りないと感じられるのは当然のことであろう。

迢空の意図は、地方から奉公先をもとめて都市・東京に流入して来た数知れぬ細民の生活と運命を、運拙くしてチブスで死んだ（伝染病の流行も、当時の都市的な現象であった）お花を通してうたいとるところにあったのだ。奉公してお金を稼ごうと都会にのぼったものの、たちまち病気にかかって年若くして死んで行く「お花」のような運命は、当時珍しくも何ともなかった。そういう社会現象を背景にしたあわれな「お花」の物語をうたおうと、迢空はもくろんでいたのである。

　この宿のあるじお久米がたく飯《まゝ》をもむな無味《もむな》と馴れにけるかも
　お久米が子二階に来ればだまつてゐるこはきをぢにて三とせ住みたり
　下屋《したや》にはおくめの亭主こよひ来て酒を飲みをり。霜はや白く
　この家の針子はいち日わらひをりこがらしゆする障子のなかに
　むかひ家《や》の岩崎が門《もん》に大かど松立つるさわぎを見おろす。われは

「初奉公」の次の一連「二階と下屋と」八首から、五首を抄出した。裁縫を教えながら下宿家をやっている「お久米」の生活が、二階に下宿している作者の目を通して空間的に描かれる。

　ここにおいても、二階に下宿生活をしている作者の抒情が目的なのではない。若いお針子が通って来て一日朗らかな笑い声をあげたり、夜にはたまに亭主が通って来て酒を飲んだり、そういう女主のいる下宿家があり、向かいの大金持ち岩崎某の門前では、大門松を立てるといって使用人たちが騒いでいる――そんな都市空間の一画と庶民の生活を描こうとしているのだ。

隣家の板壁の日の照りかへり暮れがた明かし石ころの庭　　島木赤彦『氷魚』

沼空の歌を、この大正六年の赤彦の歌と比べてみてもおもしろい。赤彦の歌には、当時の町の下宿屋の一室から見た雰囲気がじつによく現れている。あたかも読者自身の体験であるかのように景が再現され、その空気が身に感じられる。主体の視覚が「石ころの庭」に集中するところから、そのありありとした感覚は生じている。

だが、沼空の関心は、主体の感覚を通じてあらわれる都会の空気というところにあるのではなく、もっと人と人との関係、都市に暮している人々のありよう、そういう営みのなかから生まれてくるものにあった。

はじめより軋《きし》みゆすれしこの二階三とせを移《こ》さず風の夜眠る
岩崎の娘がさらふピアノの音《ね》三年を聞けばとゝのほり弾く

次の「三年」八首では、六首に「三年」「三とせ」の語を含む。明らかにこの町の空間での〝三とせ〟の目撃者として、時間的推移の方向からうたい出そうとしている。

これらのような歌に対して、茂吉はいうのである。

僕は今二軒長屋のせまいところに住んでゐて、夜になると、来訪者のないときは早く床をのべてその中にもぐつて芭蕉や、『高瀬舟』などを読んでゐる。壁一重の向う長屋には二夫婦がゐて、若夫婦が二階に寝てゐる。寝がへりするのも手にとるようにきこえる。寂しい生活をしてゐると、官能が鋭敏で鈍麻はしない。かういふときには芭蕉のものは割合にわかる。君のやうに生欲の淡い、僧侶のやうな生活を実行してゐる人が、なぜこんどの歌のやうにさうざうしく痩気味の歌を作るだらうか。

いま下宿生活をしている自分自身の経験から照らしてみても、もう少し別な形で歌が出てきてもよさそうなものを、どうしてこんなに「さうざうしく痩気味の歌」を作るのか、という。茂吉の理解はおそらく、「二階と下屋と」は空間的に、「三年」は時間的に、といった意図には届いても、都会生活における人事を叙事的にうたおうとする意図には届いていなかった。

迢空の歌が下手だったから理解されなかったという理由は、理由にはならない。たとえ技量がいたらぬための失敗をしていたとしても、抒情的なところからの発想であれば、あるいは赤彦のように主体の感覚を一点に集中させて景を再現するような歌い方であれば、茂吉は了解しただろう。茂吉の疑問をふくんだ批判は、人事を叙事的にうたうというところにおおかたあたっていた。

三、近代資本主義体制下の「都会的文芸」

迢空はただちに「アララギ」六月号に「茂吉への返事」を書く。どうやら歌は不成功に終わっていても、せめて茂吉には届かなかった自分の意図だけは明らかにしておきたいというものである。それは、そう言うに足るだけの確信が迢空のなかに育ってきていたという証しでもあった。迢空はまず、「わたしとあなたとの質に於ける相違を申したい」として、次のようにいう。

あなた方は力の芸術家として、田舎に育たれた事が非常な祝福だ、といはねばなりません。この点に於てはわたしは非常に不幸です。軽く脆く動き易い都人は、第一歩に於て既に呪はれているのです。（略）殊に古今以後の歌が、純都会風になつたのに対して、万葉は家持期のものですらも、確かに、野の声らしい叫びを持つてゐます。その万葉ぶりの力の芸術を、都会人が望むのは、最初から苦しみなのであります。

迢空は、都会に生まれた自分は人事に関心が向きがちであった、都会に生まれた自分が田舎の歌をうたう矛盾を感じる、としばしば告白しているし、またそういう質の違いの自覚から「岡麓論」や「千樫論」を書いてきたのでもあった。

しかし、右の文脈はもっと複雑である。単純に、田舎人の力でごり押しする万葉ぶり流行のなかにあって分の悪い都会人、といったふうにとることはできない。また自分は都会人だから、自然の山川草木ではなく、都会的な風物をうたいたいといったようなことをいっているのでもない。そういう種類の歌は、すでにいくらもあった。町のあちこちに泥濘があり砂ぼこりがたち、郊外には麦畑のある当時の東京のたたずまいを詠み込む茂吉の歌や、ヒヤシンスやココアやジンの酒をうたった瀟洒な白秋の歌や、あるいは吉井勇のように遊廓での頽唐的な情緒をうたった歌や、あげれば枚挙に暇がない。

迢空の意図している「都会的文芸」は、そういうものとはもう少し別のものであった。

日本では真の意味の都会生活が初まつて、まだ幾代も経てゐません。都会独自の習慣・信仰・文明を見ることが出来ない、といふことは、かなりた易く、断言が出来ます。そこに根ざしの深い都会的文芸の、出来よう訳がありません。日本人ももつと、都会生活に慣れて来たなら、郷土（郷土の訳語を創めた郷土研究派の用語例に拠る）芸術に拮抗することの出来る、文芸も生まれることになるでせう。まづ、それまでは気長く待ち、而も、その発生開展を妨げない様に、するだけの覚悟は必要です。都会人なるわたしどもはかういふ方向に、力の芸術を摑まねばならない、といふ気がします。

ここに迢空のいう「真の意味の都会生活」とは、明治にはじまった近代資本主義体制下における都市を指すだろう。地方から稼ぎにのぼってきた年端もゆかぬ婢がたちまちチブスにかかって死んでいく下宿屋の、道一本隔てた向かいには景気の良さそうな大金持ち岩崎某の屋敷があるといった、近代資本主義のただなかにある都会生活というものが、その視野には入っていた。

迢空は、「初奉公」「二階と下屋と」「三年」のような歌を自然発生的に歌材にとったのではない。「お花」や「お久米」や、「お久米」のもとに通ってくるお針子や、そういう都会の庶民の生活をうたおうとするところに、関心は動いていた。それは単に彼らへの親和的な情というより、「根ざしの深い都会的文芸」を生み出す土壌は、近代資本主義体制下に悲惨な状態にありながらも底ごもるエネルギーを蓄えつつあった都市中下層民の周辺にある、と感じていたからである。われわれは「根ざしの深い都会的文芸」をそこから生み出さなければならない、というのである。

「三年」の次には、大阪の大晦日をうたった「大つごもり」八首、下宿屋から年の夜の銀座に出かけていく「除夜」八首、金太郎と大晦日の銭湯に行って、寝につくまでの「旧年」十八首が続く。これも迢空自身しばしば言っているように、大阪の商人の家に生まれたために年の暮れの雰囲気にそそられるものがあり、思わず多くの大晦日の歌が生まれた、ということもあるだろうが、そういう自然発生的な契機とともに、古来の年中行事である大晦日から新年にかけての人々の生活が、近代都市に生きて続いていくかたちをとり出そうとする意図が、必ずあったに違いないのである。そういう角度からの接近が「都会独自の習慣・信仰・文明」の誕生をうながすことになるのではないかという意図を、迢空は潜めていたように思われる。

一年後の「アララギ」に迢空は「万葉調」について、「古い歌を口ずさんでゐると、神憑《カミガカ》りでもした様な気になる。古人の強い息の力が、われ／＼の動悸を昂ぶらせるのである」（大正八年五月号）と述べている。長い時間にわたる古代の人々の生活の積み重ねのなかから、やがて民族が民族として形成され、文化が立ち上がっていくときの力、その強い息吹の力、生活力が、万葉の歌には籠っている、その「古人の強い息の力」を自分は好むし、またそれを現代に生かさねばならない、という。

「都会人なるわたしどもはかういふ方向に、力の芸術を摑まねばならない」という「力の芸術」は、このような文脈において読まなければならないだろう。近代資本主義体制下における都市の細民たちの強い息吹の力が文化として立ち上がっていく、そんな根ざしの深い芸術を摑まなければならないというのである。

四、叙事詩の源泉と水脈

都会生活における人事を叙事的にうたうということは、今までの歌の本質から足を踏み出す相当の冒険であることを、迢空自身もまた自覚していた。

迢空は、大正五（一九一六）年九月に『口訳万葉集』上巻を刊行している。それを契機に、「アララギ」九月号から「何故から訓んだ、何故から解いた、何故から字を改めたなどいふ定見を、こゝ一年ほどに亘つて、書いて見てはどうかと、赤彦茂吉両氏に勧められて」、「万葉集私論」を書き始めた。

その第三回目（大正五年十二月号）には、次のように書く。

あをみづら依羅《よさみ》ノ原に、人も会《あ》はぬかも。
いはゞしる近江県《あがた》の物語りせむ。

といふ、万葉七の旋頭歌を、わたしは自分の書物で、此広々とした依羅の原で、誰か自分に行き逢うてくれぬか知らん。近江の県の古い歴史を知つて話せる様な人が来て、此辺の話をしてくれたらよいが、と訳して置いた。多くの読者は此歌にこれだけの含蓄があらうか、とわたしを疑うて下さるだらう。さればこそ、此迄万葉の研究に忘れてはならぬ、古代文化の一現象を閑却してゐたことが知れるので、同時にわたしが、此短い議論に、わざ〳〵縁遠く見える語部《かたりべ》の事を引きあひに出した訳なのである。

（「万葉集私論その三」）

万葉集の歌を、正岡子規や伊藤左千夫のように文学として読むのではなく、古代文化のなかに置いて読むという民俗学的な接近が実りを生みつつあることがわかる。

迢空は、この「万葉集私論その三」において、語部は文字のなかった時代に国家の歴史を伝承させるために立てられていた部曲だとする通説を否定する。古事記の序文からすれば「家々の語部のかたり傳へてゐたものを書きあげさせて、其を朝廷の語部のかたりと参酌してこさへた一つの修正物語りなのであつた」が、しかし、その家々に付属する語部が四六時中機械的に暗誦していたなどということは考えられない、平安期くらいまで語部が生命を保ち続けていたというのは、社会の中に生きて用いられていた証拠である、という。

家々に属する語部はもともと、その家の故事や歴史や教訓などを授けた物語を、貴族の子弟教育のために語り、あるいはまたその属している家々の公式の席上に出て、公衆の前で、曲節をもって語りあげたものだろう、という。「各国を通じて、詩の初は諷諭詩にあるとせられている」が、このような物語は、単に歴史を伝えるというだけではない、その共同体における生きた社会的教育の材料である。古事記や日本書紀は、「宮廷の語部の伝へと、諸氏の語部の伝へとに齟齬矛盾の多いのを改竄して、国家の目的に適合した伝説系統を立てゝ置く必要」があって作られた、政治的に修正綜合された物語であった、とする。

大正五、六年という時点にあっての、学問上の評価についてはわたしの任ではないが、ここでは若き迢空が、社会に生きて動いている人々の内的生活を見ようとしているところに注目をしたい。節回しをつけた物語を折に触れて聞いているうちに、自分たちの祖先の事跡と、生きて人としてあるための戒めや、あるべき美しいこころのかたちをひとりでに知っていくといった、そういう文学以前の文学のあり方、語部の生命が躍動していた万葉びとの内的生活、それを迢空はつかみ出そうとしている。

（略）万葉人ならびに、其以前のわれわれの祖先は、進んだ意味の叙事詩は持つていなかつた。そして纔かに、其祖の祖たちの生活の痕を伝へる詩があつたのである。其詩は、絶大の信仰を以て、祖先の真の歴史と考へられてゐたもので、性質からいうてやはり一つの叙事詩であつた。かうした叙事詩が一種の節まはしのまに〳〵吟ぜられるのを、万葉びと或は其以後の人々も、かたるといふ語で表してゐたのである。（同）

日本では、古代ギリシャにおけるホーマーのイリアッドやオデッセイのような叙事詩は発達しなかった。「自らある脚色を立てて、一つの人事の顚末」をこしらえあげるような、進んだ叙事詩はなかったけれども、日本語にも「うたふ」と「かたる」の語の区別がある。祖の生活の痕を伝える詩があり、それが一種の節回しのまにまに語られた。この叙事詩の断片化したものが謠及び歌になり、さらに歌の方面に非常な発達をとげることになったと、これは後に「日本文学の発生」などにおいて、さらに詳しく展開されることになる。

創作と学問が両輪、というより創作が学問を導くと考えていた迢空[*3]は、このような展望をもって、歌の上に未開拓のまま残っている叙事的な領域を、われわれの短歌のうえに拓くことはできないものかと考えたのだろう。

「茂吉への返事」の続きといってもよい翌年の評論「短歌に於ける自然と人事」（「アララギ」大正八年九月号）においては、人事の俳句における叙事的表現について述べ、さらに十月号の「短歌の範囲」でも、芭蕉のような大きな人が出て俳句には叙事の方面に詩境を拓いたと、述べる。後年刊行された『日本文学の発生　序説』（昭和二十二年）では、次のように芭蕉の叙事性について簡潔に述べる。

一口に芭蕉の俳諧と言はれてゐるものに到達するまでには、芭蕉も非常に苦しんでゐて、……（略）……さうした苦しみの挙句の果に出て来たものは、個人の事として面白がるのでなしに、——歴史とか小説戯曲の上の一人の人物として面白がるのでなしに、世の中にざらにある事として、其を見ようとして来た。芭蕉は、えろちつくな事にしても、又しやれにしても、一般の世間に行はれてゐる事と言ふ上において見ようとしてゐる。

（「笑う民族文学　三　尾籠なそゝり」全集第七巻三九七頁）

芭蕉の俳諧においては「個人の事として面白がるのでなしに」「歴史とか小説戯曲の上の一人の人物として面白がるのでなしに」、つまり人物を主人公に立てたフィクションの構えをとるのではなく、「世の中にざらにある事」「一般の世間に行はれてゐる事」として見るところから叙事性が生れているというのである。

大正七、八年の段階ではこれほど明確に言い取ることはできなかったかもしれないが、叙事性について芭蕉の俳句から大きな暗示を受けていることは明白だろう。今は「先天的抒情詩」と見える短歌も、努力によってはこのような新しいかたちで叙事的方向に歌の本質を拡充することはできるのではないか――そんな考えが、このたびの九十八首の試みの底には流れていた。[4]

改めて言うが、迢空が短歌に考えた叙事とは、主人公を中心とした劇仕立てや小説仕立てではない。芭蕉の俳諧にならって、あくまでも社会に生きて動いている人々の生活から生み出されてくる人事現象、それをつかみ出してみようというのである。

さすれば、都会人が、複雑な、あくどい、なまなましい対象を摑んで来ることも、其表現の如何によつては、否認はなされぬでせう。（略）わたしは要するに、対象よりも心に在るのだ、と思ひます。（略）ともかく雑駁姓を整理する気魄如何に因ることだと思ひます。大分がさつな傾きは在つたとは云へ、啄木は短歌の本質上の限界を乗り越えて、「才の奇蹟」を見せたではありませんか。

（「茂吉への返事」、「アララギ」大正七年六月号）

こういう自分の試みも、何も唐突なものではない。すでに石川啄木にそういう兆しを見ることができるではないか、という。のちに「石川啄木の改革も叙事の側に進んだのは、悉く失敗してゐるのである」（大正十五年「歌の円寂するとき」[5]）と言わなければならなかったが、実際あの九十八首は、都市経済のなかの人々の生活をとり出すといった叙事性において、啄木の歌の迢空的翻案といいえなくもない側面があった。

五、力の芸術運動の淵源

斎藤茂吉は「迢空に与ふ」(「アララギ」大正七年五月号)において、「君のこのたびの歌にはその『万葉びとの語気』と相通ずる点が割合に少いやうな気がする」「万葉集の『ことば』を離れて、万葉びとの『語気』を離れて、万葉集の『精神』を云々するのは道ぐさ食ひの説だと思ふ」「われ等の祖先の作に、『雲たちわたる』とか、『打ちてしやまむ』とか、『のどには死なじ』などの遒勁流転の結句があるのに、君の歌のはなぜさう行かないのであらうか」とも、批判した。

『万葉調』は僕等同志の歩いた来《ママ》た道であつて、又歩くべき道である。君の今度の歌は、なんだか細々しく痩せて、少ししやがれた小女《こをんな》のこゑを聞くやうである。僕はもつと図太《づぶと》いこゑがいゝやうに思ふ。おほどかで、ほがらかな、君のいつぞやの歌のやうなのがいゝと思ふ。

(中略)

君はいつか『口語的発想』のことを云つたが、あれが一部分濁つて今度の歌に出て居る。リヅムと謂つても『阿房陀羅リヅム』に近きこと、新しき俳句と似てゐるやうであつて、短歌の形式に合はない。短歌ではやはり『遒勁流動リヅム』であるのが本来で、それが『万葉調』なのである。

かつて茂吉は、赤彦の『切火』の歌に「定過ぎた女の感傷的な冗漫な言語」と評したことがあった。このたびは迢空に「なんだか細々しく痩せて、少ししやがれた小女《こをんな》のこゑを聞くやうである」と評する。

「茂吉への返事」で、迢空がまず「わたしとあなたとの質に於ける相違」を持ち出したのは、三、四年前の長塚節談話（「アララギ」大正三年六月号）を念頭に置いてもらいたいという意図がこもっているだろう。「斎藤君のは強い力の芸術である。さうしてうまく成功して横行闊歩してゐるものである。古泉君のは一体に優しい芸術である。只遺憾乍らうまく成功してゐるものに逢着する事が少ない」といった一節は、茂吉にもすぐそれと連想できたはずである。

長塚節の指摘は、個人的資質を開花させるに茂吉が一歩先んじ、千樫はまだ充分に努力が実っていない、というほどの意味だった。しかし、ここに迢空が、「あなた方は力の芸術家として、田舎に育たれた事が非常な祝福だ、といはねばなりません」「質に於いて呪はれてゐる都会人なるわたしが、力の芸術運動に参加してゐる為に、あなた方の思ひもよられぬ苦悩を発想の上に積んでゐるといふことを知つて貰ひ」たいというとき、その「力」には、別の意味合いがこもっている。

個人の問題ばかりでなく、時代の主潮流となって押し靡けている力があって、その力に乗っかってゆける資質と、伸びようとする芽を押えられ抵抗を受ける資質（呪われたもの）とがある。いま、時代の滔々たる無意識は「力の芸術運動」をもとめている。そんな不可抗力の潮流とでもいったもののなかで、おのれの資質を生かすことに困難を感じなければならない者がある。「寧ろ女性的な」質をもった古泉千樫や、都会人である岡麓や、自分のようなものは、その不可抗力の潮流のなかで「あなた方の思ひもよられぬ苦悩を発想の上に積んで」苦闘していることを知って貰いたいというのである。

文芸評論家奥野健男は、自然主義文学運動は「さまざまな経歴の文学者たちの間に自然発生的に生まれた大きな時代の動き」だったが、「自然主義文学は東京や大阪、京都などの大都会出身者ではなく、地方の旧家出身」のいわば「田舎出の文学者」によって支えられていた、という。[*6] 沼空らは、それを肌身で感じていたことだろう。

さらに、「力の芸術運動」というその「力」の淵源は、一言でいうなら、富国強兵政策のもと帝国主義化し、「力」の拡大をしてゆこうとする日本国家の動向である。明治四十三（一九一〇）年八月には、韓国併合に関する日韓条約調印、朝鮮総督府をおいて韓国を植民地化した。その五年後、大正四年には対華二十一箇条を中華民国政府につきつけ、受諾させた。

アジア周辺への「力」による侵食を国力の増大として肯定する、そのような気運が醸し出す「力の芸術運動」の主潮流に、茂吉はその資質から乗ることができた。もともと「女性的な質」をもっていた赤彦も、それを〝我慢強さ〟という男性、なかんずく家父長的存在にもとめられる力をもっておのれのうちに押さえ込み、没主観の叙景歌をつくりあげて時代の潮流に乗ることができた。彼らが「女性的」「女々しい」という語を、あたかも汚名のように忌避するオブセッションの根底には、たんなる男尊女卑の儒教的世間道徳を越えて、このような周辺国へ軍事力（武力）をもって「力」を拡大してゆくことを是認肯定する時代のうねりがあった。*7

六、「ますらを」について

迢空は、「真淵の「ますらをぶり」も、力の芸術といふ意味でなく、単に男性的といふ事を対象としてゐるのではなからうか、と思ひます」（「茂吉への返事」）とも書いている。「力の芸術」という意味ではない「単に男性的」とは、どういうことだろうか。

迢空は、この一年後に刊行した『万葉集辞典』（大正八年刊）で「ますらを」という語を、次のように説明している。

ます-ら=を［健男］　健康な男。立派な一人前の男』。ますは健康・生長の意。らは体言語尾。をは男。ますは健全生育の意の語根。いゆ（∨いよゝ）に対する。らは体言副詞語尾。「たわ-や=め」と言ふのと同じ風に出来た語で、元来、勇武の意はなかつたのを、後の分化で出来た意義だから、武力ある人と言ふ風の訳はわるい。ますら

たけをとなつて、初めて武力ある様は現れるのである。（以下略）　（全集第六巻三二三頁）

ちなみに、白川静の『字訓』を見ると、「「ます」は「勝《ま》す」「益《ま》す」と同根の語。「ら」はその状態をいう接尾語」「雄々しくすぐれた男の意」としている。さらに、中国では官名を示す「大夫」の字を、万葉のほとんどの歌で用いていることを指摘し、「［万葉］の大夫は男子一般をいう語である」「成人の男子をいう」とする。

手近な辞書ではおおむね、「立派な男子」「すぐれて勇気のある強い男子」の意がまず掲げられ、「益荒男」の字が当てられている。しかし、迢空のいう「体言副詞語尾」、白川静のいう「接尾語」の「ら」に、いかにも勇武のイメージをかきたてる「荒」を当てた字は、じつは万葉集では一例ほどしかない。

迢空は、しばしば万葉の「ますらを」には武家の時代のような立派な武人という意味はすこしもない、「健康な男といふ意味を中心としてゐる」と、強調した。迢空は、われわれが常識として持つ語感「強い」「勇ましい」といった勇武の意をもって万葉の歌を解釈することを否定する。それは現代から見る見方であって、万葉歌そのものに即すれば語義が違うというのである。大正六年八月号「アララギ」誌上での、赤彦・文明・茂吉らとともに行った「万葉集短歌輪講三二」においても、「ますら雄はすべて健康な男といふ意味を中心としてゐることを忘れてはならぬ。立派な男、一人前の男などゝわたしは訳し馴れてゐる」と記す。

茂吉好みの「『雲たちわたる』とか、『打ちてしやまむ』とか、『のどには死なじ』などの遒勁流転の結句」にこもる「万葉の語気」は、すべて勇武のイメージをもつ「ますらをぶり」解釈によるものである。しかし、江戸期の真淵の「ますらをぶり」も、万葉の語感である「健康な男」「一人前の男」という意味にすぎないのではないかと、迢空はいう。

力の芸術といふ語は、あなたと、わたしとでは、おなじ内容を具へてゐないかも知れませぬ。わたしの「ますらをぶり」なる語に寓して考へた力は、所謂「たをやめぶり」に対したものなのです。人に迫る力がある、鬼神をも哭かしめるに足るなど評せられる作品の中にも、「ますらをぶり」の反対なものも随分とあります。其も一種の力ではあります。万葉に迷執してゐるわたしは、ますらをぶりに愛着を断つことが出来ませぬ。（「茂吉への返事」：前掲）

迢空の愛着する「ますらをぶり」の歌とは、「男性が男性であるという自覚をもつ文学」「一人前の男」という自覚をもつ「真の意味の万葉調、厳正なるますらをぶりの力」（「茂吉への返事」）をもつものであった。のちの平安朝の貴族階級は官吏という資格によって価値が決まってくる官吏生活であるから、「ますらを」という語があまり使われなくなる、奈良朝及びそれ以前の文学は、ほんとうはその後をつぐものがない、武家も「ますらを」の文学には貢献するところがないと、迢空はいう。*8

成人した一人前の男としての「ますらを」、自己が自己に資格を付して自らをふるいおこそうとするような自己意識をもつ「ますらを」に、唐突にすぎるかもしれないが、わたしはカントの「啓蒙」という近代概念を連想する。

周知のように、「啓蒙とは、人間が自分の未成年状態から抜けでることである」。[*9] 未成年であることは気楽だが、あえて勇気と決意を持って、後見人なしで「自分自身の悟性の使用」をしていくこと。さまざまな制度や形式は、未成年状態をいつまでも存続させる足枷として働くのであり、人はこの状態に愛着をすら持つようになり、実際自分自身の悟性を使おうと思っても使えなくなってしまっている。近代市民的個人の意識は、そういう足枷としての、それまでの制度や形式から身を振りほどき、自力で踏み出し、解き放たれていこうとするところに誕生する。

沼空は、「ますらをの文学」は、「いつも自分が「ますらを」だという自覚を発した形で出てきて」おり、それは「うれたみの文学」でもあって「自分で甲斐のない男だと自覚すること」「はがゆい、じれったいと思って元気を出すこと」[*10] とも、いう。

これは、カントのいうような未成年状態からみずからを励ましながら自力で踏み出すといった、近代市民的な個人意識の萌芽に通ずる概念とはいえないか。沼空は、途絶えてしまった万葉の語義通りの「ますらを」という概念が、現代の日本によみがえることの意義を、考えていたのではないだろうか。

「ますらをぶりに愛着を断つことが出来ませぬ」という強い言明、また「茂吉への返事」の最後の一節「わたしは、其「たをやめぶり」をもますらをの力に浄化する日が、来るに違ひないと信じてゐます」という謎のような言明は、万葉歌のなかに近代市民的な個人意識に通ずるような萌芽を見、さらに日本文学の正典たる古今集以後の「たをやめぶり」にも、自力で踏み出し、解き放たれていこうとする主体の出現を期待したのではなかっただろうか。

＊

補足しておけば、沼空は、「ますらを」の概念をさらに理想化したところに、「あかるいけれど、寂しい世界がある。天才者ばかりが、感得する世界である。其は、瞑想や思弁の所産でなく、生きの身現《うつ》し心が、ひたと接することの出来る境涯である」（「ちとりましとゝ（その二）やまとたける」、「アララギ」大正六年四月号）といったような、英雄的な世界を見ていた。

白秋の『雲母集』や赤彦の『切火』にそのような世界のよみがえりのきざしを見ようとしていたし、たとえば大正六年一月号の「足柄山」の一連などは、自ら英雄の孤独な世界を現出しようと試みたものであった。

足柄の山に入りたち垢づくと幾日わび来しわがしやつは脱ぐ
このしやつに幾日こもれるわが膚のにほひしまらく山にかがふも
いとほしくいつまでか経む足柄の橅《ぶな》の下枝《しづえ》にかけておくしやつ

いうまでもなく、尾津前《おつのさき》の一つ松のもとでヤマトタケルが食事をしたとき、置き忘れた太刀が、そのまま松にかかってあったのを見てうたったという古事記歌謡29「尾張《をはり》に　直《ただ》に向《む》かへる　尾《を》津《つ》の埼《さき》なる　一つ松《まつ》　あせを　一《ひと》つ松《まつ》　人《ひと》にありせば　太刀《たち》佩《は》けましを　衣《きぬ》着《き》せましを　一《ひと》つ松《まつ》あせを」[*11]を下に敷いた歌である。また、大正六年十二月と大正七年十月に分けて発表した叙事詩「おほやまもり」は、滅ぼされていった英雄ともいうべき大山守をうたったものであった。実在の英雄ではなく、古代人の思い描いた理想的な人格による叙事詩もいっぽうで考えられるはずだ、というのである。

「尾津ノ崎なる一つ松あせを」の歌は、古代人の理想的人格にのみ考へた、無碍孤独の境涯から出た物であつた。朗らかで、こだはりのない、英雄一人の外には、行く人のない天地であつた。西行から芭蕉へ伝つたこゝろは、自然主義上の普遍性であつた。忘れてゐた共通を、とり出すものである。効果は謂はゞ、平面的の拡りを持つ。此に対して、人生に新しい真理の付加せられるものゝあるはずである。謂はゞ、垂直的に我等の生活を引き上げて行く、と言つた態度の文学が、現れなければならない。

（「女房文學から隠者文學へ」六　前代文学の融合と新古今集と：全集第一巻三一六・三一七頁）

「西行から芭蕉へ伝つたこゝろは、自然主義上の普遍性であつた。忘れてゐた共通を、とり出すものである」、すなわち日本文学における西行から芭蕉に伝わったこころは普遍的なものである、これは近代に西欧から紹介された自然主義文学――たとえば啄木の歌のような――に通じている、ああおまえさんも同じかという人間共通の懐かしい思いを取り出す平面的な広がりをもつ、というのである。

しかしまた、「垂直的に我等の生活を引き上げて行く」といった文学がなければならないとし、そこにヤマトタケルのような英雄叙事詩を考えた。創作上においても、「足柄山」一連のように、理想的な人格による英雄叙事詩をしきりに考えていた。[*12]

迢空は、ヤマトタケルや大山守のように、流竄の運命に堪えて明るい孤独に住むところにつねに英雄性を見いだしている。三浦三崎の『雲母集』にしても八丈島の『切火』にしても、そういう流竄の情感をひそめているところに英雄性を見てとるのである。岩野泡鳴のいうような、自己拡大してゆく〝優強者〟に関心があるのではない。敗者の側の悲劇性に、英雄叙事詩としての可能性を見ようとしている。悲劇は、「垂直的に我等の生活を引き上げて行く、と言つた態度の文学」であり、理想へむかって人々の心を高める力をもつものであると、迢空はいうのであった。

七、短歌の本質――万葉系統と古今系統について

そもそも大正五（一九一六）年から六年にかけては、迢空の和歌史を見る角度が急激に変化し始

めていた時期であった。たとえば、大正五年九月号「アララギ」での「万葉集私論　其一」の書きはじめは、次のようなものである。

明治の新派和歌の革新は、とりもなほさず、復古学派（国学者の流）の桂園派（景樹の流）に挑《いど》みかけた復讐運動であつた。更にもつと広い目、もつと長い時間から見ると、古今系統と万葉系統との、絶えざる戦闘の中の、局部の衝突であつたのである。

この点で根岸派も明星派も、「少くとも一千年は遡ることの出来る歴史を持つた家の子」であり、一昨年あたりからの万葉に学ぼうとする「小さな文芸復興の気運」に乗って「万葉に関聯した物語りをするのは、非常に気持ちのよいことである」「何時の世、如何なる処でも、文芸が行きつまつて来ると、古典が顧みられる」として、行きつまった時代に万葉が持ち出された歴史の概略を簡単に述べる。

ここでの迢空は、明治の新派和歌による革新に至るまでの歌の歴史を、古今系統と万葉系統との絶えざる戦闘の歴史とする見方に、疑いなく立っていた。その晴ばれとした口吻には、自らも文芸復興の気運のなかで貢献する一人であることの誇りさえうかがえるようだ。

だが、大正五年十一月号に「異郷意識の進展」、十二月号に語部について述べた「万葉集私論　其三」を書いたのちには、見方が変わり始めた。大正六年三月号の断片的な随想「ちとりましとゝ」では、「も一度、王朝末の歌人の歩いた道を、ふりかへつて見る必要がある、と思ふ。近頃の歌には、恐しく、えろちつくな味ひがなくなつてゐる」と記して、振り返りの必要を感じている。さらに四月号の「ちとりましとゝ（その二）」では、「玉葉集が出る迄」という小題を付して、「歌が行きつまつて来ると、遁げ道は大抵きまつてゐた、という話について、もすこしこまかに話して見る」と述べる。

つまり「万葉集私論　其二」では、古今後から明治の新派まで二十行ばかりで概略した部分を、古今初期から玉葉にいたるまでに限って、もう一度ていねいに万葉風なうたいぶりの現われ方を見ていこうとするのである。

一口に言うなら、「古今系統と万葉系統との絶えざる戦闘」として二系統を対立させる見方が大きく揺れ動きはじめている。

のちに『近代短歌』（昭和十五年刊）「万葉調の概念」の項冒頭に、迢空自身「私は古く、和歌における万葉ぶりの起伏状態を述べたことがある」と振り返ってその概要を述べ、さらに次のように加えた。

この万葉・古今両歌風の交錯状態の考へ方は、今思へば、古今自体から、万葉以来の継承要素をとり去り独立させて見て居る点において、可なり不自然なものがあると言ふことができる。
（全集第十一巻二四四頁）

友人島木赤彦が生きているとき提出したことのあるこの考え（「万葉・古今両歌風の交錯状態の考へ方」）も、「両歌風の交錯」という考え方そのものがじつは不自然なのであり、それが多少現在の万葉論の基礎になっているところがあるのでもっとよく訂正しておきたい、という。

若い迢空はまず、「古今系統と万葉系統との絶えざる戦闘」にあって、明治末期を万葉系統による文芸復興の気運が高まってゆく時代と見たのだろう。ゆえに根岸派に関心をもち、やがてアララギに加わることになった。しかし、研究が進んでいくうちに「万葉以来の継承要素」が古今以後の歌のなかに見えはじめた。大正六、七年頃は、二系統の対立から「交錯状態」へと考え方をすすめる過程にあったのである。

近頃の歌には、恐しく、えろちつくな味ひがなくなつてゐる。日本紀の『小林《をばやし》に　われを引《ひき》入れてせし人の　其名も知らず　家も知らずも』以來、万葉にも随分痛烈なものはあるが、力としては感じても、情調に沁み入るやうなものはない。さうしたもの〻現れたのは、王朝末から玉葉・風雅あたりへかけての恋歌である。なごりといふ一語が持つてゐるえろちつくな含蓄は、この語の意義の変遷の為に失はれたのを悲しまずにゐられない程、この方面に於ける民族心理の、緻密なことを示している。われ／＼は、王朝の宮廷生活が齎した、かうしたでりかしいを持つた言語を尊まずにはゐられない。

（「ちとりましと〻」、「アララギ」大正六年三月号）

記紀歌謡の時代から恋愛のかたちをとった歌は多いが、それは今の人が思い入れするようなロマンチックな恋愛歌ではない、抒情詩というより、古代社会の生活のなかから生まれてきた一つの形式なのであり、叙事的なものである。そのような心の型が受け継がれていって、王朝末から玉葉・風雅にかけての恋歌にまで発達展開し、本当に抒情詩らしいところまで行き尽くしたのだ、という。

大正十五年には「短歌本質成立の時代」「古代生活に見えた恋愛」が書かれるが、そのごく粗いスケッチが、右のような大正六年の「ちとりましとゝ」「ちとりましとゝ（その二）」で、初めてなされている。また、後の「万葉調の概念」（前掲『近代短歌』）では、万葉と古今、さらに新古今によって短歌の本質の成立に近づき、玉葉・風雅にいたって完成したと述べている。

このような文脈のなかで、「茂吉への返事」（前掲）の次のような文章を読んでみたい。

（略）世間の美学者や、文学史家や、歌人などの漠然と考へてゐる短歌の本質と、大分懸けはなれた本質を握つてゐます。其為に、りくつとしては、「たをやめぶり」も却けることは出來ませぬ。しかし一箇の情からすれば、断乎として撥ね反します。けれども其処に、あなた方程の純粋を誇ることの出來ぬ濁りが出て來ました。今度の歌にも、「たをやめぶり」に対する理会が、誘惑となつて働きかけてゐるのを明らかに見ることが出來ます。

万葉歌に造詣のふかい迢空であるのに、今度の歌はどうして遒勁流動のリズムをもった万葉調に向かっていないのかという茂吉の批判に対して、短歌の本質についての理解がすすんだために「りくつとしては、「たをやめぶり」も却ける」ことはできない、という。

一年半ほど前までは歌の歴史を古今系統と万葉系統との絶えざる戦闘と見、自分も万葉系統の一人として「アララギ」に貢献している、という自覚があった。しかし、いま「万葉以来の継承要素」が古今以後の歌のなかに見えるようになり、「たをやめぶり」への理解が深まったために、あなたがたのように純粋を誇ることができなくなった、というのである。

註

＊1　釋迢空「氷魚の時代　上――島木赤彦論」、「アララギ」大正八年一月号

＊2　斎藤茂吉「大正七年のアララギ　其一」、「アララギ」大正八年一月号

＊3「日本の文学では、凡いつでも理論が敗けてゐて、作物がいつも一歩、先んじている。歌に於ても、既にさう言ふ事があつた。（略）心に持つてゐる煩悶――と言ふと語弊があるが、もやもやしたものを具体化して出して了つて、そして初めてはつきりして来る。其後に、其がどう言ふ種類の事であつたかを説明したらいゝ、と言ふ段取りになる。（略）が、芸術と言ふものは、それが本道であつて、理論を先に立てるのは易いが、実際の創作で解決する事は、た易い事ではない。」（「笑ふ民族文学　三篭なそゝり」『日本文学発生　序説』全集第七巻三九七・三九八頁）

＊4　「一度発生した原因は、ある状態の発生した後も、終熄するものではない。発生は、あるものを発生させるを目的としてゐるのでなく、自ら一つの傾向を保つて、唯進んで行くのだから、ある状態の発生したことが、其力の休止或は移動といふことにはならぬ訳である。だから、其力は発生させたものを、その発生した形において、更なる発生を促すと共に、ある発生をさせたと同じ方向に、やはり動いても居る。だから、発生の終へた後にも、おなじ原因は存してゐて、既に在る状態をも、相変らず起し、促してゐる訳なのだ。」（「声楽と文学と　三　短歌の発生」『日本文学発生　序説』全集第七巻二二七・二二八頁）

　右の一節のあとには、その例証として、記紀の長歌と、のちに新しいかたちで柿本人麻呂が完成させた万葉集の長歌とを挙げる。これは昭和二十二年に書かれたものだけれども、かつて「発生」した叙事的傾向があった。それが、ふたたび新しいかたちをとって芭蕉の俳諧の上にあらわれた。そう、迢空は解するのである。迢空にとって、「発生」は遠い歴史的時間のかなたにあるのではなかった。

＊5　全集第廿七巻三〇二頁　この直前に「抒情に帰せなければならない短歌を、叙事詩に展開させうと試みて、私は非常に醜い作物を作り〳〵した。さうしてとゞのつまり、短歌の宿命に思ひ臻《イタ》つた」と述べる。

＊6　奥野健男著『日本文学史　近代から現代へ』中央公論社、一九七〇・三、五九頁

＊7　玉城徹は、「地方――赤彦流に言えば「山林」――の家父長制原理に根ざす「力の芸術」が、今まさに、帝国主義イデオロギーの芸術に転化しようとする、その一瞬を、迢空の直観がすかさずとらまえているのである。」玉城徹「迢空すけっち」（『短歌』一九八七・一一）と指摘している。

＊8　「国文学概論第一部　四　文学としての国文学　ますらおの文学」『折口信夫全集　ノート編』第一巻　中央公論社、一九七一・三、九八・九九頁

＊9　カント著篠田英雄訳『啓蒙とは何か　他四篇』岩波文庫、一九五〇・一〇、七頁（原文には傍点）
＊10　註8に同じ。九三頁
＊11『古代歌謡集』日本古典文学大系3、一九八一・九（第26刷）
＊12　足柄山の一連は、歌集『海やまのあひだ』にほとんど採用されなかった。創作上の実感として、英雄化した自身を主人公としてうたう方法ではうまくいかないと感じたのだろう。

第四章　赤彦との齟齬

一、木の位牌の歌に対する評価の違い

大正六（一九一七）年五月、赤彦は家族を東京に呼び寄せ、雑司ヶ谷亀原の家に引っ越した。アララギの編集・発行所もここに移し、中学生の木曽馬吉（藤澤古実）が同居して事務を手伝った。十月には、下諏訪の祖父母のもとに残してきた十八歳の長男政彦が、蓄膿症の手術のため上京する。手術は成功、退院したが、十二月、盲腸炎から腹膜炎を起こし、急逝した。

この年末十七日、茂吉は長崎に赴任するため東京を発ったが、赤彦は長男政彦の病気が悪くて見送りに来られなかった。十八日夕方長崎に着き、案じていたところに翌朝「マサヒコシス」の電報が来たという。政彦は、赤彦の愛した先妻の忘れ形見であり、嘆きは深かった。ようやく大正七年四月号に、位牌をもって善光寺参りをした歌「善光寺」十四首を発表。翌月号には、次のような歌を抜粋して同人合評が出た。

雪あれの風にかぢけたる手を入るゝふところのなかに木の位牌あり　　島木赤彦

「この歌、際だつて頭に響いた」と、まず岡麓が評し、それをうけて石原純はいう。「卒直な云ひ方の中に真情のこもつた様が見える」が、「只私の特に茲で云ひたい事は此の歌が連作中の一首として其光輝ある価値をあらはしてゐる点である。前後のうたを全く取除いてしまへば此歌は寧ろ散文的な要素をおほくもつたほど、冷静な云ひ方にうたはれてゐる、併し吾々は「天には満ちて光る星みゆ」「おのが子の戒名もちて」以下の数首に充ちてゐる作者の情感をたどりながら此の歌に読み到るとき単なる「木の位牌あり」といふ冷かな言葉が、ふしぎなきらめきをもつて吾々の心に迫つてくるのを覚える。赤彦君の三月号及び今度の歌は、近来の傑作であると思ふ」。

独立した一首として見れば散文的で情感のない歌だが、連作中の一首として見れば感銘をおぼえるというのである。

しかし、古泉千樫は「少し無理な緊張を感ずるやうな処がありはせぬか。今少し考へてみたい。一二句がよくないと思ふ」と、指摘して留保をつけた。対して、麓と純はただちに「「かじけたる手」でなくてはいけぬ」と応ずる。

迢空の評価は、「境涯を描きすぎた難がある。無理とは思はぬ語ばかりでゐて、注文の多いのを感じさせる。頭勝ちの歌である。「あり」のつつぱなした言ひ方も、一応は心牽かれるが、細かく働かぬ」と、否定に傾いた。

平福百穂は、「かぢけた手を懐の中へ入れて木の位牌にコツリと触つた感じが第五句の言ひ放した現し方と共に私の心を打つた」と、麓や純に賛意をしめし、これらを受けて最後に茂吉は、「鑑賞に際して事情に溺れる事なしに、静かに味つても、いゝ歌であつて、結句の「木の位牌あり」と云ひ棄てたところに、独語的の堅い強い響が籠つてゐる。あふれる涙をこらへて、流転相を諦視するところに近代文芸の、さうして吾等の「写生」の光がある」「「写生」に始まつて「写生」に徹するが吾等の歌である」と、強く推賞して締めくくった。

千樫は留保しながらも評価せず、迢空は批判したが、石原純は散文的であるとしつつも一連の歌として共感、他の同人は近来の傑作とし、茂吉はこれが「写生」だとまで絶賛したのである。

さらに茂吉は、翌年一月号「大正七年のアララギ」において、「写生の事」「万葉調」「子規系」とならべて「島木赤彦君」という一項目を立て、「善光寺」十四首から次のような五首をかかげて筆を費やした。

雪はれし夜の町を流るゝは山よりくだる霧にしあるらし
雪あれの風にかぢけたる手を入るゝ懐のなかに木の位牌あり
山門に向ひてのぼる大どほり雪あつくして黒土を見ず

言に出でて言ふはたやすし直照《ひた》りに照る雪の上に我ひとりなる

雪ふかき街に日照ればきはやかに店ぬち暗くこもる人見ゆ

茂吉は、いう。「句々緊張して毫も浮滑のあとを見ない。中に沈痛の響を蔵してゐて表は有頂天浅薄主観の暴露するが如きことがない。実相観入に縁つて生を写したのである」、ところがこれを「世の短歌を云々するものは外面報告と一束に極めて」しまった、と。

このような評価の大きな食い違いは、いったいどこから生ずるのか。それを解きほぐすために、まず、右掲出の一首目、三首目、五首目のような叙景歌と、かつてアララギの同人たちが瞠目したつぎのような叙景歌とを比較してみよう。

昼ふくる土用の湖の光り波ひかり揺りつつ嵐はつのる

嵐のなか起きかへらむとする枝の重くぞ動く青毬《あをいが》の群れ

素材に夜と昼との違いはあるが、歌の響きに耳を澄ませてみたい。こちらは、対象そのものに心（主観）が乗って、歌全体の言葉がたちのぼるように響いているとでも言ったらよいか。対象に心をあずけて、〈われ〉の感情はゼロ、いっさい混入しない。主観離れをすることによって、歌の純度が高まり、言葉の音楽に運ばれて読み終わったあとに何ともここちよい余韻がのこる。その余韻を、赤彦のいう「外的事象の描写にあらずして、内的生命唯一真相の捕捉」(大正五年三月「アララギ」編輯所便)と言えば言えるだろう。

一方、善光寺の叙景歌には、そのような解放感はない。景はくっきりと見えてくるが、響きがよそよそしく、鈍重である。沈痛であるのはそのとおりだが、外界描写に心(主観、この場合は子を亡くした悲哀)が凝固してこびりついているようで、凝滞して響かない。千樫の「少し無理な緊張を感ずるやうな処がありはせぬか」という評は、妥当だろう。ただし、〈子を亡くした作者〉というものを想定した上で読めば、これらの歌はいっきょに痛切な色合いを帯びてくるのである。その因を、石原純は「連作」にもとめたが、茂吉は、一首における表現法の問題として受け止めた。

「土用の湖」や「青毬《あをいが》の群れ」の歌を鑑賞するのに、作者の〈顔〉は必要ない。しかし、善光寺の叙景描写は、ある事情をもった作者すなわち一つの〈顔〉が想定できなければ、鑑賞しにくい。茂吉は、叙景に一つの〈顔〉の表情を二重写しにするような手法、これに瞠目し、これこそ「実相観入」による「写生」だと絶讃した。新しい「写生」歌の表現法を、ここに見出したのであった。

二、沼空の赤彦論

一方、「木の位牌」の歌を評価しなかった沼空は、赤彦の歌をまったく別の角度から見ていた。大正八（一九一九）年一月号「アララギ」には、茂吉の文章「大正七年のアララギ」につづいて、釋沼空「氷魚の時代　上――島木赤彦論」が掲載されている。

椿のかげ　女音なく来りけり。白き蒲団を干しにけるかも　『切火』

かさ〳〵と　落葉林をとほりぬけし夕あかるさを　たどき知られず　『切火』

（沼空による表記のまま）

まず、このような二つの『切火』の歌をかかげて、沼空は次のように評する。

前者は「寂光なれど孤独、人々交渉のない世界を観じて」「英雄的の心境」をもつが、なお思わせぶりなところがあって「観照の不徹」を見せている。しかし、後者は歌柄がまったく違う。後者の歌の「寂しげに見えて孤独でないのは低劣を覚つたから出た、敬虔・同情の気持ちに根ざした温かい「馬鈴薯の花」の世界を継いでいるからだ。最初の歌集『馬鈴薯の花』から激しく変じた『切火』のなかにも、「英雄的の心境」に向おうとする心と、温かい『馬鈴薯の花』の世界を継いだ心と、二つの心が交流している、と。

霧の中に草刈り鎌をうちおとし　驚ける目の前にゐる仏

ひつそりと　霧の青葉の雫落ち　ま近かりける三尊のほとけ

「椿のかげ　女音なく来りけり。白き蒲団を干しにけるかも」については、さらに右のような歌をかかげて、次のように述べた。

「瞬間の印象を神秘的に考へたのは、其頃の風潮」で、流行の種は茂吉の『赤光』にあった。白秋は、この方向に病的に見えるまでに突進していった。それが「赤彦の手元へ来る迄には、大分時を経てゐた」。つまり、赤彦は遅い追随者であった。このような「光り燿く瞬間の頓悟は、やまとたけるの心に住してこそ、物になるべき」であって、茂吉も白秋も挫折し、別の方面へ進まねばならなかった。赤彦もその例外ではなかった。

しかし、「かさ〳〵と　落葉林をとほりぬけし夕あかるさを　たどき知られず」のような、『馬鈴薯の花』の世界の「敬虔同情の色界に戻ると、赤彦程、強く・広く根をおろしてゐる人」はほかにはいない。赤彦の本質はここにある。そう、迢空はいう。

「「文庫」時代の山百合を知つた人は、感傷の艶消しが、此程迄に行はれたのに驚くであらう」。赤彦は、「ともすればせき上げる感傷を、圧へに押へた人間味の豊かな人柄を完成して来た」。『切火』から現在の歌にいたるまで、赤彦は自らの感傷性を恥じてずいぶん押さえ込んできた。しかし、そんなに歌の感傷性を否定することはない、なぜなら「悲劇的な感動を与へる作品は、総べて感傷性に根ざしてゐる」からだ。感傷性に根ざしている作品を捨ててしまえば、悲劇的作品はみな非芸術的なものとなってしまう、感傷性もまた文学の重要な源だ、というのである。

　要するに、艶消しが大切なのである。艶消しと言ふ語が、あまり外面的だとすれば、感傷を沈潜することが、肝腎なるのである。此点から見ると、赤彦は臆病である《ママ》「馬鈴《ママ》の花」から「切火」に移ると、著しく抒情の分量を減らしてゐる。氷魚期に入ると、最近迄叙景ばかりに肩を入れ過ぎた傾きがある。此は、根岸派の写生の原始的な意義であり、子規風の用語例である。写生道を提唱する様になつた赤彦は、写生即観照直観なることを説く第一人である。其人が、物心両面に、等しく同情を持たぬ訳はない。此は、赤彦の敬虔な心があぶない内界に立ち入ることを後廻しにして、まづ対象に動揺の少ない外界を撰んだからであらう。（傍線筆者）

　赤彦は、自らの感傷質に溺れることを怖れて、抒情の分量を減らし、内界を避け、最近まで外界を対象に叙景ばかりをうたってきた。いま、赤彦には、内界の「写生」が残されている。そのよき題材としての「長男政彦を悼む歌の、いまだに出て来ぬのも、赤彦の敬虔な臆病の為である」と、沼空はいう。

長男政彦の死に衝撃を受けた赤彦は、大正七年五月号「阜上偶話」で、子の挽歌をつくることができない、歌をつくろうとすると恐怖心が起きる、と告白したことがあった。「臆病」だからではない、本当の痛切とはこういうものだ、経験しない者にはわからない、と吐露したが、その「臆病」という語をつかって迢空は、感傷を恐れるな、と励ましたのであった。

迢空は、赤彦初期からの読者として、大正五年六年の『氷魚』[*1]の時代の叙景歌を赤彦の歌がいちばん脂の乗った時期として大きく評価した。この期間は「赤彦風の没主観の叙景が、歌壇を吹き靡けた期間」「分派的に見ると、歌壇の流行を一通りアララギの歌風で、整理した時代」であった、左千夫・茂吉・赤彦と伝えられてきた万葉歌風が大正年代に完成をしめしたのであり、『氷魚』の時代はアララギにとっても重大な意味のある時期だった、とする。そして、赤彦は外界の写生すなわち叙景歌については充分な成果をあげたが、なお内界の写生が課題として残っている、内界そのものの写生を、と願望するのである。

三、アララギ派の新しい「写生」論

かつて長塚節の「写生歌」に不賛成をとなえたこともあったという赤彦だったが、前にも述べたように『切火』刊行後、初心に戻るかのように「写生」という課題に取り組み始めた。

大正四（一九一五）年十一月「アララギ編輯便一」では、平福百穂の絵に触れながら、われらの歌の写生に即くのを嗤うものがあるが、何ら関心する所はない、「我等はただ事象より深く澄み入らんことを冀ふ。益々深く澄み入らんことを希ふがゆゑに、益々深く事象の微動に触入せんとするなり」と述べた。大正五年三月「アララギ編輯便二——歌壇警語に就き・歌の写生に就き」では、「吾人の写生と称するもの、外的事象の描写に非ずして、内的生命唯一真相の捕捉也」、内的生命の直接な表現のためには一心集中して事象の中核に触れることを重んずるのだ、と述べた。

斎藤茂吉著『短歌に於ける写生の説』（昭和四年刊）巻末には「アララギ」誌上にあらわれた主要な「写生」論を列挙しているが、もっとも早いものは島木赤彦の「比牟呂」「馬酔木」「アカネ」に発表した明治期のもので、大正年間では、大正五年一月の土屋文明と同年三月の島木赤彦、大正七年発表の河西青五三本、島木赤彦二本となる。論作ともに「写生」という課題に取り組んだ熱意のほどがうかがわれる。

その熱意が酬われて、「赤彦風の没主観の叙景が、歌壇を吹き靡けた期間」（沼空）にはいった大正七年、ようやく赤彦と「アララギ」に対する異論が歌壇に続出しはじめた。前掲茂吉著より、異論を展開した評者と題名のみ列挙すれば、[*2]

半田良平（国民文学）大正七年二月「啓蒙運動としての写生」
同　　　　　　　　四月「写生に就て」
中山雅吉（珊瑚礁）　大正七年四月「写生異説」
同　　　　　　　　八月「写生の語義」

橋田東声（珊瑚礁）　大正七年五月「主観の内容を充実せよ」

同　　　　　　　　　大正八年二月「主観の其具象化」

そのほか「写生を難ずる群小文章を抄したならば、その煩しさに堪へない程である」[*3]という。子規による提唱以来、「アララギ」において「写生」は同人たちの念頭にあり続けてきたと言ってよい。しかし、いわゆるアララギ派——赤彦と茂吉を中心とする——の「写生」論は、右に見るような赤彦の「没主観の叙景」歌に批判が強まってくるなか、その防御の構えをとるかたちで形成されていくのである。

茂吉自身の写生論は、大正八年一月号の「写生の事」（「大正七年のアララギ　其一」）が現れるまで、ほとんど無いにひとしい。そもそも、茂吉は、長塚節のいうには「写生」の歌には得意でなかった。

> 長塚氏はこの評語中『赤光』の作者は、天然を詠ずると拙い、叙景の歌、写生の歌はその短所であるとくりかへし云はれてゐる。かういふ評語はこの後にもしばしば出てくる。さうして、一寸した些末なことを歌ふと段違ひにうまいと云はれてゐる。
>
> （古泉千樫「長塚節氏の赤光評」、「アララギ」大正九年一月号）

『赤光』の世界を創り上げた茂吉は『あらたま』前期の時代にあったが、大正六年七年と歌に行き詰まっていた。その間、赤彦が叙景歌に大きな成果を見せる。しかし茂吉は、迢空が高く評価する『氷魚』前半の叙景歌をさほど評価しない。「善光寺」一連が現われて初めて瞠目し、大正八年一月、ここに茂吉の写生論――実相観入論の原形があらわれるのである。

写生とは実相観入に縁つて生《せい》を写すの謂である。かの『生写《しやううつ》し』に通ひ、支那画家の用語例に通つて、『生《しやう》を写す』の義だと謂つてもよく、『生命直写』の義と謂つてもよい。『生』とは『いのち』の義である。『写』とは『表現』の義である。

（大正八年一月号「大正七年のアララギ　其一」）

自分たちにとって「『写生』は手段、方法、過程ではなくて総和であり全体である」、子規の時代には「手段」であったが、その「写生」を「血脈相承して以てなほ徹底せしめたのは予等」であり「新生命を付与した」、と高らかに述べた。

「かかる事を予は大正六年の『童馬漫語』で書」いたともいう。『童馬漫語』に写生論は三つあるが、いずれも短い断簡であり、該当しそうなものは「110写生、象徴の説」くらいか。内容は、写生すなわち象徴説、主に象徴について述べた心覚え程度の記述にすぎない。

茂吉の本格的な「写生」論――のちに『短歌に於ける写生の説』となる――は、「アララギ」大正九年四月号の連載から始まった。アララギの新しい「写生」概念は、赤彦の「善通寺」一連の歌に始まり、茂吉がそれを実相観入の「写生」論として理論づけるところからできあがっていったのだった。

ところで、大正五年六年頃の赤彦の歌を、太田水穂は次のように評している。「節制ある観照を外界に向けやうと云ふ落ち着きが見えて来てゐるのである。氏はよく写生と云ふ事を説き、又著しく主観を忌避する言葉を唱へられる。氏の説く処を綜合すると、氏は多くの点に於いて数年前の小説界に行はれた自然主義の行き方を歌の上に行はうとするもののやうに見える」（大正六年三月号「潮音」）。

赤彦の「写生」歌を、当時の文壇の動きのなかにおいてとらえようとする見方である。このような見方があったからこそ、茂吉は先の「110写生、象徴の説」冒頭で、「予の作は、根岸短歌会の血脈を受けてはゐるが、周囲文壇のイズムの運動に参ずる必要は毫末もない」[*4]と釘をさす。自分たちの「写生」は子規以来の根岸派の「血脈」であると強調し、西欧由来の自然主義とは無関係であることを主張した。赤彦も同様であり、ともに「写生」論の拠り所を東洋美術、支那の画論にもとめようとした。

しかし、ひろく客観的に見わたせば、子規らの時代の写実主義——島村抱月は前期自然主義と名づけた——の脈を引く「アララギ」は、明治四十年代になって、自然主義思潮の「運動」と言われるほどの盛り上がりがあって浮上してきたのであり、無関係というわけにはいかない。

四、沼空の批評用語「観照」について

釋沼空の名は、大正四（一九一五）年十月号の「切火評論」をもって「アララギ」誌上に本格的に登場した。一二月号には「雲母集細見」執筆、いずれも長文の評論である。その後も沼空は、万葉研究は当然ながら、作品よりもまず歌の評論ができるものとして、「アララギ」同人たちに遇された。

これらの評論や同人合評の類を見ていくと、沼空の書くものは、他の同人とは批評用語がかなり異なっていることがわかる。たとえば、「描写に追はれて気分を忘れ」「かういう純抒情の歌では、心熱をつきつめて行つてこそ、徹底した観照の境地に達することが出来るので」（大正六年五月号「岡麓論」）というように、「純抒情」「描写」「気分」「観照」、あるいはまた「客観態度」「内界」「外界」「純客観」というような批評用語が用いられている。「描写」「内界」「外界」というような語を、憲吉や文明も使っていないことはないが、沼空ほどの頻度で批評のキーワードとして使用してはいない。沼空の書くものからは、一貫した批評の構造が見えてくる。

たとえば、大正八年四月号『アララギ』に「同人寄合語。其の二」として出した「短歌に於ける主観の表現」では、短歌の本質に大きな改造がないかぎり、歴史的に見て、概括的な分類をすれば、抒情詩の部に入る、とし、次のように述べた。

○表現には、三つの様式がある。（一）素朴的な表現とも言ふべきもので、主として、叙事詩の部類に入る。此には、主観的態度と客観的態度とが、融合せずに対立させられている。（略）（二）物象に寓する、主観の表現法がある。詩経の比、興などは固より、やゝ進んだ抒情詩は凡て、此部類に這入る。此場合にも亦、主観客観はたかぐ、混和の有様に在るに過ぎない。（三）表現能力が、極度の燃焼に至ると、客観態度が確立する。此時無関心な客観の極致が、無碍な主観的表現を獲る。新短歌も、此境地を望んで進んでゆく者でなければ、駄目である。（略）
○外界を観る如く、内界の事実を、観るのでなくては真の抒情詩は現れない。この意味に於いて、多くの抒情詩は、主観味の勝つた叙事詩に過ぎないのである。

（傍線筆者、以下の引用も同じ）

そして「要するに問題は、真の客観態度が確立すれば、内外何れに向こうてもさし支へはない」と、結論する。また、たとえば大正一五年には「叙景詩の発生」（全集第一巻）を書いて、つぎのように述べた。

古代人の家屋に対する信仰や習癖が、特殊な機会に、古くから外界に向いてゐた眼を逸らす事なく、比喩化する事なく、人事以外の物を詠む事に価値を認める心を養うて居た。此が日本の叙景詩の始まりである。又、歌における純客観態度の成立する様になつた原因なのだ。

「観照態度が確立して居なければ、此隠喩を含んだ叙景詩の姿の出来るはずはないと思ふ」「叙景にも、自然描写にも、外界に目を向けた歌を見出すことが出来ないばかりか」「外界を摑む客観力の確かさがある」「主観を没した様な表現で、而も底に湛えた抒情力が見られる。此が今の「写生」の本髄である」「創作態度を自覚した時代に入るに、第一要件だつた観照力が自ら備つて居たのであらう」というように、「純客観態度」「外界」そのほか「観照態度の確立」「客観描写」というような語を一貫して主要な批評用語として用いている。

これらは、じつは、明治期以来の西欧近代美学・芸術学受容および日露戦争後に興隆した自然主義文学理論のなかから生まれてきた文芸批評用語なのであった。この方面についての知見に乏しいので、以下、あくまでも迢空の書いたものからうかがえるところをのみ書き記してみたい。

明治四十二（一九〇九）年五月、卒論を書こうとしていた大学生折口信夫（迢空）は「無名氏」の名で「和歌批判の範疇」を『わか竹』[*5]に発表した。美的情緒と言語形式および内容との関係（すなわち「ことば」と「こゝろ」の関係）を考察するもので、これまでの和歌論を近代美学理論の方法によって「批判」するという、カントの「判断力批判」にならうかのような試みであった。形式と内容との問題は、アリストテレス以来の西欧哲学・美学における重要なテーマであって、その頃の迢空が近代美学理論を相当読み込み、刺激されていたことは明かである。

また、自然主義は周知のように、十九世紀前半のロマン主義に対する反動としてフランスで起こった文学運動である。日本では、日露戦争後の島崎藤村や田山花袋らの小説、また島村抱月、長谷川天渓、片上天弦らの評論活動によって、明治四十三年前後に文学運動の様相を呈して最盛期を迎えた。

前掲「和歌批判の範疇」では、「内容と形式の調和」について論じつつ、「自然主義者の所謂『真《しん》』の意義」も「詩歌の思想と内容」との分別が欠けている、「形式、内容の交渉分離を知らずして、唯、思想を偏重した弊を脱することができない」と、自然主義批判をした部分がある。また「彼等（筆者註・自然主義者）は動《や》もすれば技巧を排し、言語の彫琢を否定する。これ等の評家は到底詩歌を解する資格がない」と、ある種の自然主義者を否定する。

しかし、迢空は、明治四十三年十二月に出た『一握の砂』に衝撃を受け、模倣を試み、自分なりの発想で咀嚼したように、この時代の潮流のなかで、何を受け取り何を否定するか、みずからの明確な角度をもって、自然主義を受容したのである。

迢空はきわだって一貫した論理構築のできる歌人であった。西欧近代哲学や美学また自然主義理論などから学びつつ、由来する分析概念をもつその批評構造は、迢空の短歌評論のみならず、国文学方面の学問にも一貫している。右の「叙景詩の発生」という視点も、日本の歌をそのような西欧文明からの「普遍」の光のもとに照らし、再構成してみようとするところに得られるものであろう。

このような批評の骨格は、アララギに入ったころにはあらかた確立していたのではないか。なかでも、「切火評論」以来あらわれている「観照」という語は、重要な批評用語の一つであった。もともと「観照」という日本語は、耳に親しい仏教哲学用語だが、自然主義文学理論紹介の過程で文芸批評用語として新たな意義が付されるようになった。

「観照」contemplationという概念は、西欧においても美学上諸説による変遷があり、観想とも静観とも訳される。[*6] 藤村作編『日本文学大辞典』（新潮社、一九三五）の「観照」の項には、「最初、独逸の美学で用ひられた言葉」として、「明治の末、自然主義文学の輸入につれ、没主観・純客観の態度が重視されるやうになり、始めてこの語の内容が検討されるに至つた。その意味を最も的確に詳細に説明したのは島村抱月（以下略）」と記す。

島村抱月は、自然主義文学理論紹介の第一人者であり、美学の立場から理論的位置づけを試みて、「観照」をキーワードとする「自然主義「観照」論」を展開した。岩佐壮四郎著『島村抱月の文藝批評と美学理論』[*7]によれば、抱月は早く一九一一年にリップスらの感情移入説を日本に紹介し、この「自然主義「観照」論」もリップスらの感情移入説による主客両観の融合をその内容としているという。

二〇世紀初頭から第一次世界大戦前まで、感情移入説は、リップスやフォルケルトの論によって美学思潮の主流にあった。「自分はリップスの感情移入説の立場に拠つて本書を書いた」[*8]とする大正六年刊阿部次郎著『美学』は、リップスに内在する「人格主義の美学」としての性格をさらに独自に発展させたものといわれるが、そのなかに「純粋なる感情移入の態度をとるとき、我等はたゞ「観照」するのみである。観照の対象の中に没頭して生きるのみである」[*9]とある。
阿部次郎に早くから関心を抱き、交流のあった斎藤茂吉も、実相観入の「写生」論を力説したのち、つぎのように「感情移入」について触れた。

造形美術の場合、短歌ならば謂ゆる客観的短歌の場合に於て、芸術家の活動をば、自己投入、感情移入、融合、同化過程などの語を以て説明してゐる。泰西の諸家に於て如是である。東洋の哲家仏家芸術家などになると、もつと之を深秘の境にまで拡充してゐる。
（「短歌における主観の表現――同人寄合語。其の二」、「アララギ」大正八年四月号）

つまるところ、茂吉の「実相に観入して自然自己一元の生を写す」という実相観入論も、この当代主流であった主客合一の感情移入論に大いにあずかって力を得ていた。[*10]
しかしながら、迢空の「観照」という語の用い方を見ると、これらの感情移入による主客合一とはまったく方向が逆なのである。
迢空にとって「観照」の徹底は「真の客観的態度」の確立ということと同じ意味である。「観照の不動、客観態度の確立、といふことに囚はれ過ぎた処」（大正八年六月「逝く子評」）というように、迢空はしばしば「観照の不動」と「客観態度の確立」とを置き換えのきく語として用いた。

用例を幾つかあげてみれば、たとえば「観照を怠つた為に、作者の小主観を表すわれながら、いふ、不快な口語脈が混入して来たのである」（大正六年三月「短歌の口語発想」）という文章がある。「観照」に徹すれば「作者の小主観」は排される。

また「観照的な態度が、国民詩の上に見え出したのは、仁徳天皇あたりからのことゝと思はれる。（…略…）といふのなどは、客観の目がきまつて来たことを示してゐる」（大正六年三月号「ちとりましとゝ」）という文章がある。迢空にとって「客観の目」がきまることと「観照的な態度」とは同じ意味である。

さらに「尚人任せな思はせぶりに、観照の不徹を見せてゐる」（大正八年一月「氷魚の時代」）という文章もある。歌が一首として独立せず、「人任せ」で「思はせぶり」であっては「観照」の不徹底ということになる。「観照」が徹底すれば、歌が客観化され、作品として自立する。「真の客観態度が確立すれば、内外何れに向こうてもさし支えはない」とも言う。内界外界いずれに向かおうとも「表現能力が、極度の燃焼に至ると、客観態度が確立する。此時無関心な客観の極致が、無碍な主観的表現を獲る」（大正八年四月号「短歌に於ける主観の表現」）。

迢空にあっては、作者の「自己」が実相たる「自然」に観入し合一融合するのではなく、創作主体としての「表現能力が、極度の燃焼に至る」とき、「無関心な客観の極致」にいたる。「自己」ではなく、「表現能力」の問題である。そのとき、表現は主観（＝自己）から離れきって「無関心な客観」にいたり、それが「無碍な主観的表現」となる。表現は、まず充分に主観離《ばな》れ、すなわ

ち自己の否定を達成しなければならず、それを「観照」と称したのであった。（傍線筆者）
沼空といえども、当時の美学の主流ともいえる感情移入説の存在はとうぜん知っていただろうし、島村抱月の「観照」論も読んでいたはずである。しかし、沼空の「観照」は感情移入説には向かわなかった。[*11]
カントの「美的無関心性は近代美学の最も基本的な概念となってきた」[*12]というが、沼空はみずからの批評の根拠を、そういう意味での「観照」contemplationに据えている。[*13]「木の位牌」の歌の評価が茂吉と正反対になるのも、沼空のもつ批評構造[*14]が関わっていたのである。

五、玉葉・風雅から赤彦まで

沼空が玉葉・風雅の歌を早くから評価し、京極為兼を評価したことは知られている。「アララギ」大正五（一九一六）年九月号「万葉集私論　其一」では、いつでもどこでも、文芸が行き詰まってくると古典が顧みられるものだが、わが国の短歌史においても、万葉は何度も引き合いに出されてきた、新古今の時代がそうであったが、その後「玉葉《ぎよくやふ》・風雅《ふうが》の時代に入つて、黒人・赤人あたりの観照態度が採用せられて、其点は立派に完成した様な観がある」と、記す。

また、「アララギ」大正六年四月号「ちとりましと、（その二）」では、「玉葉集が出る迄」という項目を立てて、歌が行き詰まってくると万葉集がふりかえられてきた歴史を、さらに詳しく述べる。「仙覚律師の訓み弘めた万葉の力」が為兼に具現し、「玉葉風雅の真精神の把握者」である伏見院と永福門院が「新古今の緻密と万葉の純粋」とを実現した、とする。さらに「藤原為兼」という一項目を立てて、「男性的な気風」を持った為兼の革命的な性格の側面を述べ、「鎌倉時代に、万葉からある物を感得して、自身の力として表すことの出来たのは、此人と鎌倉右大臣とだけである。而も社会的に大きな仕事を残して置きながら、風雅集以後に其影響を止めることの出来なかつたのは、悲惨なことだ」、その点、実朝は幸福な人であった、為兼はいまだに悪罵や嘲笑の冷たい土の下に埋もれている、と述べた。

岩佐美代子著『玉葉和歌集全注釈　別巻』における「受容史・研究史」によると、玉葉集は、公表後時を移さず痛烈な批判の書「歌苑連署事書」が出て以来、毀誉褒貶あるうち、おおむね「異風」「風体わろき」として否定され、明治に入ってからは顧みられることもなかった。しかし、藤岡作太郎が明治三十九（一九〇六）年九月から三ヵ年半にわたり、帝国大学での授業で鎌倉室町時代の文学に触れ、玉葉集に至った。ことに永福門院の歌をかかげて「余は玉葉集を当時の他の集に比較して貶すべき処を見ず、また醜怪なる点多きを見ず。むしろその清新の調あるを喜ぶものなり」と評価した、[*15]という。

また、同じく明治四十年、福井久蔵は、宮内省図書寮で為兼卿和歌抄・歌苑連署事書の二書を発見、『大日本歌学史』（大正十五刊）に「二条京極両家の対峙」の一章を設けて詳論し、「京極対二条の和歌の争は新旧二派の対立である」「近世の文学上古典派に対して自然主義派が起こったの

砂子屋書房 刊行書籍一覧（歌集・歌書）

2024年８月現在

＊御入用の書籍がございましたら、直接弊社あてにお申し込みください。
代金後払い、送料当社負担にて発送いたします。

	著　者　名	書　　名	定 価
1	阿木津　英	**『阿木津　英 歌集』** 現代短歌文庫5	1,650
2	阿木津　英 歌集	**『黄　鳥』**	3,300
3	阿木津　英 著	**『アララギの釋迢空』** ＊日本歌人クラブ評論賞	3,300
4	秋山佐和子	**『秋山佐和子歌集』** 現代短歌文庫49	1,650
5	秋山佐和子歌集	**『西方の樹』**	3,300
6	雨宮雅子	**『雨宮雅子歌集』** 現代短歌文庫12	1,760
7	池田はるみ	**『池田はるみ歌集』** 現代短歌文庫115	1,980
8	池本一郎	**『池本一郎歌集』** 現代短歌文庫83	1,980
9	池本一郎歌集	**『萱鳴り』**	3,300
10	石井辰彦	**『石井辰彦歌集』** 現代短歌文庫151	2,530
11	石田比呂志	**『続 石田比呂志歌集』** 現代短歌文庫71	2,200
12	石田比呂志歌集	**『邯鄲線』**	3,300
13	一ノ関忠人歌集	**『さねさし曇天』**	3,300
14	一ノ関忠人歌集	**『木ノ葉揺落』**	3,300
15	伊藤一彦	**『伊藤一彦歌集』** 現代短歌文庫6	1,650

	著者名	書名	定価
41	春日いづみ	『**春日いづみ歌集**』現代短歌文庫118	1,650
42	春日真木子	『**春日真木子歌集**』現代短歌文庫23	1,650
43	春日真木子	『続 **春日真木子歌集**』現代短歌文庫134	2,200
44	春日井　建	『**春日井　建 歌集**』現代短歌文庫55	1,760
45	加藤治郎	『**加藤治郎歌集**』現代短歌文庫52	1,760
46	雁部貞夫	『**雁部貞夫歌集**』現代短歌文庫108	2,200
47	川野里子歌集	『**歓　待**』＊読売文学賞	3,300
48	河野裕子	『**河野裕子歌集**』現代短歌文庫10	1,870
49	河野裕子	『続 **河野裕子歌集**』現代短歌文庫70	1,870
50	河野裕子	『続々 **河野裕子歌集**』現代短歌文庫113	1,650
51	来嶋靖生	『**来嶋靖生歌集**』現代短歌文庫41	1,980
52	紀野　恵 歌集	『**遣唐使のものがたり**』	3,300
53	木村雅子	『**木村雅子歌集**』現代短歌文庫111	1,980
54	久我田鶴子	『**久我田鶴子歌集**』現代短歌文庫64	1,650
55	久我田鶴子 著	『**短歌の〈今〉を読む**』	3,080
56	久我田鶴子歌集	『**菜種梅雨**』＊日本歌人クラブ賞	3,300
57	久々湊盈子	『**久々湊盈子歌集**』現代短歌文庫26	1,650
58	久々湊盈子	『続 **久々湊盈子歌集**』現代短歌文庫87	1,870
59	久々湊盈子歌集	『**世界黄昏**』	3,300
60	黒木三千代歌集	『**草の譜**』	3,300

	著者名	書名	定価
86	酒井佑子歌集	**『空よ』**	3,300
87	佐佐木幸綱	**『佐佐木幸綱歌集』** 現代短歌文庫100	1,760
88	佐佐木幸綱歌集	**『ほろほろとろとろ』**	3,300
89	佐竹彌生	**『佐竹弥生歌集』** 現代短歌文庫21	1,602
90	志垣澄幸	**『志垣澄幸歌集』** 現代短歌文庫72	2,200
91	篠　弘	**『篠　弘 全歌集』** ＊毎日芸術賞	7,700
92	篠　弘 歌集	**『司会者』**	3,300
93	島田修三	**『島田修三歌集』** 現代短歌文庫30	1,650
94	島田修三歌集	**『帰去来の声』**	3,300
95	島田修三歌集	**『秋隣小曲集』** ＊小野市詩歌文学賞	3,300
96	島田幸典歌集	**『駅　程』** ＊寺山修司短歌賞・日本歌人クラブ賞	3,300
97	高野公彦	**『高野公彦歌集』** 現代短歌文庫3	1,650
98	髙橋みずほ	**『髙橋みずほ歌集』** 現代短歌文庫143	1,760
99	田中　槐 歌集	**『サンボリ酢ム』**	2,750
100	谷岡亜紀	**『谷岡亜紀歌集』** 現代短歌文庫149	1,870
101	谷岡亜紀	**『続 谷岡亜紀歌集』** 現代短歌文庫166	2,200
102	玉井清弘	**『玉井清弘歌集』** 現代短歌文庫19	1,602
103	築地正子	**『築地正子全歌集』**	7,700
104	時田則雄	**『続 時田則雄歌集』** 現代短歌文庫68	2,200
105	百々登美子	**『百々登美子歌集』** 現代短歌文庫17	1,602

	著者名	書名	定価
131	浜名理香歌集	**『くさかむり』**	2,750
132	林　和清	**『林　和清 歌集』** 現代短歌文庫147	1,760
133	日高堯子	**『日高堯子歌集』** 現代短歌文庫33	1,650
134	日高堯子歌集	**『水衣集』** ＊小野市詩歌文学賞	3,300
135	福島泰樹歌集	**『空襲ノ歌』**	3,300
136	藤原龍一郎	**『藤原龍一郎歌集』** 現代短歌文庫27	1,650
137	藤原龍一郎	**『続 藤原龍一郎歌集』** 現代短歌文庫104	1,870
138	本田一弘	**『本田一弘歌集』** 現代短歌文庫154	1,980
139	前　登志夫歌集	**『流　轉』** ＊現代短歌大賞	3,300
140	前川佐重郎	**『前川佐重郎歌集』** 現代短歌文庫129	1,980
141	前川佐美雄	**『前川佐美雄全集』 全三巻**	各13,200
142	前田康子歌集	**『黄あやめの頃』**	3,300
143	前田康子	**『前田康子歌集』** 現代短歌文庫139	1,760
144	蒔田さくら子歌集	**『標のゆりの樹』** ＊現代短歌大賞	3,080
145	松平修文	**『松平修文歌集』** 現代短歌文庫95	1,760
146	松平盟子	**『松平盟子歌集』** 現代短歌文庫47	2,200
147	松平盟子歌集	**『天の砂』**	3,300
148	松村由利子歌集	**『光のアラベスク』** ＊若山牧水賞	3,080
149	真中朋久	**『真中朋久歌集』** 現代短歌文庫159	2,200
150	水原紫苑歌集	**『光儀（すがた）』**	3,300

155	森岡貞香	『**森岡貞香歌集**』 現代短歌文庫124	2,200
156	森岡貞香	『続 **森岡貞香歌集**』 現代短歌文庫127	2,200
157	森岡貞香	『**森岡貞香全歌集**』	13,200
158	柳　宣宏歌集	『**施無畏**（せむい）』 ＊芸術選奨文部科学大臣賞	3,300
159	柳　宣宏歌集	『**丈　六**』	3,300
160	山田富士郎	『**山田富士郎歌集**』 現代短歌文庫57	1,760
161	山田富士郎歌集	『**商品とゆめ**』	3,300
162	山中智恵子	『**山中智恵子全歌集**』 **上下巻**	各13,200
163	山中智恵子 著	『**椿の岸から**』	3,300
164	田村雅之編	『**山中智恵子論集成**』	6,050
165	吉川宏志歌集	『**青　蟬**』（新装版）	2,200
166	吉川宏志歌集	『**燕　麦**』 ＊前川佐美雄賞	3,300
167	吉川宏志	『**吉川宏志歌集**』 現代短歌文庫135	2,200
168	米川千嘉子	『**米川千嘉子歌集**』 現代短歌文庫91	1,650
169	米川千嘉子	『続 **米川千嘉子歌集**』 現代短歌文庫92	1,980

＊価格は税込表示です。

砂子屋書房
〒101-0047 東京都千代田区内神田3-4-7
電話 03(3256)4708 FAX 03(3256)4707 振替 00130-2-97631
http://www.sunagoya.com

110	内藤　明	**『内藤　明 歌集』** 現代短歌文庫140	1,980
111	内藤　明	**『続 内藤　明 歌集』** 現代短歌文庫141	1,870
112	中川佐和子	**『中川佐和子歌集』** 現代短歌文庫80	1,980
113	中川佐和子	**『続 中川佐和子歌集』** 現代短歌文庫148	2,200
114	永田和宏	**『永田和宏歌集』** 現代短歌文庫9	1,760
115	永田和宏	**『続 永田和宏歌集』** 現代短歌文庫58	2,200
116	永田和宏ほか著	**『斎藤茂吉―その迷宮に遊ぶ』**	4,180
117	永田和宏歌集	**『日　和』** ＊山本健吉賞	3,300
118	永田和宏 著	**『私の前衛短歌』**	3,080
119	永田　紅 歌集	**『いま二センチ』** ＊若山牧水賞	3,300
120	永田　淳 歌集	**『竜骨（キール）もて』**	3,300
121	なみの亜子歌集	**『そこらじゅう空』**	3,080
122	成瀬　有	**『成瀬　有 全歌集』**	7,700
123	花山多佳子	**『花山多佳子歌集』** 現代短歌文庫28	1,650
124	花山多佳子	**『続 花山多佳子歌集』** 現代短歌文庫62	1,650
125	花山多佳子	**『続々 花山多佳子歌集』** 現代短歌文庫133	1,980
126	花山多佳子歌集	**『胡瓜草』** ＊小野市詩歌文学賞	3,300
127	花山多佳子歌集	**『三本のやまぼふし』**	3,300
128	花山多佳子 著	**『森岡貞香の秀歌』**	2,200
129	馬場あき子歌集	**『太鼓の空間』**	3,300
130	馬場あき子歌集	**『渾沌の鬱』**	3,300

65	小池　光	『**新選 小池　光 歌集**』現代短歌文庫131	2,200
66	河野美砂子歌集	『**ゼクエンツ**』＊葛原妙子賞	2,750
67	小島熱子	『**小島熱子歌集**』現代短歌文庫160	2,200
68	小島ゆかり歌集	『**さくら**』	3,080
69	五所美子歌集	『**風　師**』	3,300
70	小高　賢	『**小高　賢 歌集**』現代短歌文庫20	1,602
71	小高　賢 歌集	『**秋の茱萸坂**』＊寺山修司短歌賞	3,300
72	小中英之	『**小中英之歌集**』現代短歌文庫56	2,750
73	小中英之	『**小中英之全歌集**』	11,000
74	小林幸子歌集	『**場所の記憶**』＊葛原妙子賞	3,300
75	今野寿美歌集	『**さくらのゆゑ**』	3,300
76	さいとうなおこ	『**さいとうなおこ歌集**』現代短歌文庫171	1,980
77	三枝昻之	『**三枝昻之歌集**』現代短歌文庫4	1,650
78	三枝昻之歌集	『**遅速あり**』＊迢空賞	3,300
79	三枝昻之ほか著	『**昭和短歌の再検討**』	4,180
80	三枝浩樹	『**三枝浩樹歌集**』現代短歌文庫1	1,870
81	三枝浩樹	『**続 三枝浩樹歌集**』現代短歌文庫86	1,980
82	佐伯裕子	『**佐伯裕子歌集**』現代短歌文庫29	1,650
83	佐伯裕子歌集	『**感傷生活**』	3,300
84	坂井修一	『**坂井修一歌集**』現代短歌文庫59	1,650
85	坂井修一	『**続 坂井修一歌集**』現代短歌文庫130	2,200

20	魚村晋太郎歌集	**『銀　耳』（新装版）**	2,530
21	江戸　雪 歌集	**『空　白』**	2,750
22	大下一真歌集	**『月　食』** ＊若山牧水賞	3,300
23	大辻隆弘	**『大辻隆弘歌集』** 現代短歌文庫48	1,650
24	大辻隆弘歌集	**『橡（つるばみ）と石垣』**	3,300
25	大辻隆弘歌集	**『景徳鎮』** ＊斎藤茂吉短歌文学賞	3,080
26	岡井　隆	**『岡井　隆 歌集』** 現代短歌文庫18	1,602
27	岡井　隆 歌集	**『馴鹿時代今か来向かふ』（普及版）** ＊読売文学賞	3,300
28	岡井　隆 歌集	**『阿婆世（あばな）』**	3,300
29	岡井　隆 著	**『新輯 けさのことば Ⅰ・Ⅱ・Ⅲ・Ⅳ・Ⅵ・Ⅶ』**	各3,850
30	岡井　隆 著	**『新輯 けさのことば Ⅴ』**	2,200
31	岡井　隆 著	**『今から読む斎藤茂吉』**	2,970
32	沖　ななも	**『沖ななも歌集』** 現代短歌文庫34	1,650
33	尾崎左永子	**『尾崎左永子歌集』** 現代短歌文庫60	1,760
34	尾崎左永子	**『続 尾崎左永子歌集』** 現代短歌文庫61	2,200
35	尾崎左永子歌集	**『椿くれなゐ』**	3,300
36	尾崎まゆみ	**『尾崎まゆみ歌集』** 現代短歌文庫132	2,200
37	柏原千惠子歌集	**『彼　方』**	3,300
38	梶原さい子歌集	**『リアス／椿』** ＊葛原妙子賞	2,530
39	梶原さい子歌集	**『ナラティブ』**	3,300
40	梶原さい子	**『梶原さい子歌集』** 現代短歌文庫138	1,980

と同様の観を呈してゐる」と述べた、[16]という。

最も画期的であったのは、土岐善麿編『作者別万葉以後』（大正十五年刊）であり、これによって、為兼・伏見院・永福門院が「業平・小町・貫之以下と並ぶ歌仙として全面的に肯定され、しかも入手しにくく膨大な玉葉風雅を通読せずとも、その作品に触れ得る便宜が与えられた」[17]（岩佐美代子）。為兼らが加えられたのは、迢空の助言があったという。その末尾には、迢空が「短歌本質成立の時代」を執筆、短歌の本質は実は玉葉・風雅に完成していた、万葉の細みは歪みは含みながらもこうして完成した、と述べた。

このように自然主義運動の興隆した明治四十年前後には、古典和歌研究においても玉葉・風雅の清新さが認識され、明治新派の特色との共通が論じはじめられていた。そんな気運のなかで、迢空もいちはやく玉葉・風雅の歌に強い関心をいだいたが、たんに万葉的な率直さ、大気と外光をうつす印象派風の写生、清新さといった側面を再評価したり、当代の歌との共通を見ようとしたばかりではない。

迢空に強く動いていた関心は、前出の「万葉集私論」や「ちとりましとゝ」に見るように、記紀万葉以来の歌の歴史のうえに、「観照的態度」「客観的態度」がいつ、どのようにして定まっていったかということであった。つまり、美が美として、文学が文学として、普遍的に成立し得るため（いわゆる世界文学としての普遍性）の必要条件は、対象に対する〝無関心〟な「観照的態度」「客観的態度」の確立だが、それが日本の歌の歴史のうえにも完成しているのをはっきりと見ることができる、それは玉葉・風雅の時期である、それをもたらしたのは京極為兼である、というのであった。

沈み果つる入り日の際にあらはれぬ。霞める峯のなほ奥の峯　（風雅集）
波の上に　うつる夕日の影はあれど、遠つ小島は色暮れにけり　（玉葉集）
枝に洩る朝日の影の尠なきに、涼しさ深き竹の奥かな　（玉葉集）

（表記法、○印は、迢空による）

「短歌本質の成立」（昭和十四年、全集第十巻）に、迢空が引用した京極為兼の歌である。一首目などは、為兼を出すときには必ずといってよいほど、引用する歌である。

「もう日は沈みきつてゐる。しかも余光が消えようとして、もうこれで限度だといふ最後のあかるさになつてゐる。その時になつて、思ひがけなく、今まで見えなかつたものが顕れて来た。それは、さつきからも見えてゐた霞んだ山の峰、それよりも更に奥にあつて見えなかつた山の峰である。どうして突如として、こんな歌が作られ、歌人社会に提出せられたのか。その理由が訳らないほど、この頃の歌人の歌とは、変つてゐるのである」[*18]と、「短歌論」に解説する。為兼の、この歌の驚くばかりの新しさは、空想ではできない自然界の印象を歌にしようとしたところにある、という。

また、この同じ歌を、「写実風の歌」「余りに現実的であり、ありのまゝ」[*19]とも、評した。なかなか引用したこの三首は、言葉にあらわれてはいないが特徴ある共通点をもっている。なかんずく一首目は、その特徴が際立っている。すなわち、奥行きへの関心である。沈み果てようとする入り日の光のなかに、うっすらと現れた、霞む峰々の、さらにその奥の峰。歌に、観察する視点がはっきりと定まっている。そこから遠近感が生じ、奥行きが生じている。二首目も、そうである。波の上に、夕日の光がきらきらとうつっている。しかし、海の遠くの小島は、すでに暮れて影になっている。近景にひろがっているまぶしい波の光のかなたに、沖合いの水平線上の小島の夕暮れた影を見る。

三首目は、国歌大観では、三句目「すくなさに」となっている。これも、作者の関心は、竹群の奥行きにある。夏の竹群の小暗さのなかの涼しさという、膚に喚び起こされる実感覚を核として、夏の朝の強い光のさえぎられている空間が見えてくるのだ。土岐善麿は、この歌を「清爽静逸な感」「感覚的に竹林の光線をとらえている」（前掲書）と評し、一般には、夏の朝の印象鮮明な感覚が評価されているようだ。それも確かにあるが、〈なびきそめてまだ色うすきたけの葉にもるやあさひのかげぞすずしき〉という伏見院の歌と比べてみれば、為兼のこの歌の、奥行きへの強い関心が理解できよう。

沼空が、驚くばかりの新しさ、あまりにも現実のまま、という、為兼の歌の革命的な新しさは、感覚上の定点を定めることによって、歌に奥行きを持ち込んだところにある。そのことを、沼空は、引用した歌によって語っている。

「短歌本質の成立」（前掲）では、為兼三首の前に、次のような新古今の歌をも引用しているが、それと比較してみれば、もっと明らかになろう。

うちしめり、あやめぞ薫る。ほとゝぎす鳴くや 五月の雨の夕暮れ　良經
あふち咲く 外の面の木蔭露おちて、五月雨霽るゝ 風わたるなり　忠良
末遠き若葉の芝生 うちなびき、雲雀鳴くなる春の夕暮れ　定家

（表記法は、迢空による）


清新な感覚性というものは、良經、忠良の歌にもすでに見られる。定家の歌では、「末遠き若葉の芝生うちなびき」と、奥行きのあるひろがりが意図されている。しかし、為兼の歌に比べると立体感は感じられない。「末遠き」「うちなびき」という視感覚と、「鳴く」という聴感覚を統一する感覚的定点が、はっきりと定まってないからだ。

歌に三次元的空間を読み取ることに慣れたわたしたちの目は、二首目の忠良の歌にも奥行きを感じとってしまうが、当時の人々がはたして奥行きを読み取ったかどうかは、疑わしい。

為兼の革命的な新しさは、「あまりにもありのまま」に見える三次元的空間を、歌に引き込んだところにあるだろう。先にあげた「短歌論」での解説で、「この人の心が、恰も科学者のやうな正

確さを保つてゐるので、この歌自身が、文学の美しさをのり超えてしまつてゐるやうにさへ見えるのである」[*20]と、沼空がいっているのはそこのところを指すものと思われる。

ここに転化してくるまでの道筋には、万葉集の赤人と黒人の歌があった。日本の歌は主に赤人の歌の方向に進んで来たけれども、対象に〝無関心〟な観照的態度、客観的態度という文学としての本格をめどにしてみれば、黒人の歌から玉葉・風雅の叙景歌にいたる線が採り出せる、と沼空はいう。

ところで、かつて沼空の感嘆してやまなかった赤彦の「げんげんの花原」の歌もまた、奥行きを実現した清新なうつくしい叙景歌であった。明治期には、絵画とともに歌にもまた三次元的かつ印象派風な空間描出がもとめられた。

げんげんの花原めぐるいくすぢの水遠くあふ夕映も見ゆ　明治四十二年
よく聴けば四五人栗をおとす声谿のはざまにひびきてきこゆ　大正四年
昼ふくる土用の湖の光り波ひかり揺りつつ嵐はつのる　大正五年
隣家の板壁の日の照りかへり暮れがた明かし石ころの庭　大正六年
夕飯《ゆふいひ》を終り小窓をあけて見れば日はあかあかと石ころの庭

歌の近代のありようを、日本の古典文学全体を見渡しながら模索していた沼空は、ことに『氷魚』前期の赤彦の歌に、玉葉・風雅の流れを引き継ぐものを見た。赤彦の叙景歌に、歌の本質を受け継いだ近代の姿を見たのである。赤彦没後、昭和十四年に書いた次のような文章には、そんな明治大正にいたる歌の通観の仕方がよくうかがわれる。

此で凡、日本の歌が伏見院・永福門院の御二方を中心とする玉葉と、後の風雅との二集で、その最高峰に登りつめたと考へてよい。少くとも、明治から大正までの歌の達した処も、本道の文学になつた物は、言はず語らず、知らず識らずのうちに、玉葉・風雅の境地に来てゐると言へよう。(略)今は又、歌が変りかけてゐるが(略)併し、昭和の初めまでゞみると、秀れた歌だ、と安心の出来るのは、やはり玉葉・風雅まで戻つて来てゐる。私たちから、私たちの歌を土台にして、本質風のものを考へて来ると、どうしても、南北朝あたりに不動の物が出来てゐる。そこへ行かう〳〵とする煩悶があり、崩しては取り返し、又崩しては取り返して来てゐる。明治の新派運動も、初めは違つた事も言つてゐるが、結局は、こゝへ到達する為の運動だつたのだと思ふ。

(昭和十四年「短歌本質の成立」二二二・二二三頁)

ところで一方、赤人の拓いた領域は「趣向のある歌」「みやびと言ふ宮廷風・都会風の文学態度を創立」いわゆる「たをやめぶりを発生させた」[*21]とし、この「趣向」すなわち「自然を矯める傾向」が、為兼にも、赤彦にも、混じり込んでいると指摘した。

おのづから　そめぬ木の葉を　吹きませて、色々に行く　木枯しの風　　為家

為兼が、玉葉集に採った祖父為家の歌である。「木枯しの風が吹くと、青や黄や紅の葉が、風の中にまじつてゆく」というこの歌は、「新古今流ではあるが、自然を綺麗に言はうとしてゐないことは訣る。而も此歌などは、上の句につきまとつてゐる、歌らしい調子を抜くと、島木赤彦晩年の歌そのまゝになつて了ふ。赤彦は、写生しよう〳〵と努めた為に、自然界から特殊なものを選びすぎることゝなり、其結果は、趣向を凝した歌と同じ処に落ちこんで了つた」。[*22] 趣向とは、味わいや面白みが出るように工夫すること、つまり見せどころ、狙いどころという意味である。

雨の音。聞きつつあれば、軒下の土と　落葉と　わかれてきこゆ　（大正八年）

この赤彦の歌を比較に出して、為家の方は動的だが、題材も窺っているところも同じ、と迢空はいう。「土に落ちる雨の音と、落葉に落ちる雨の音とを、聞きわけてゐる静かな生活を出さうとしてゐるのだが、自然描寫に行きすぎて、肝腎の生活は出ないで、趣向になつて了つてゐる」。[*23]「趣向を擬した歌」「趣向になってしまってゐる」とは、見せどころ、狙いどころが、歌から浮き立ち、目立って、歌の品格を落とし、浅くなっているということである。

このような趣向は、文学としての美を生み出す観照的態度とは相容れない。『氷魚』前期の赤彦の歌に観照的態度の確立への努力を見、むしろその完全な実現者たるべき赤彦を迢空は熱望していたから、赤彦が嫌うのを承知で、その点にしばしば触れては批評した。

六、「集団個性の独立」へ――大正八年のアララギ

大正八（一九一九）年一月号に、赤彦は、大正七年のアララギと歌壇とをふりかえって、次のように述べた。

現今の歌壇には多数の集団があつて、各一つづつの機関雑誌を有つてゐる。集団には各異つた個性がある。各集団に存在の意義ありや否やは、集団個性の独立が一貫し且つ明瞭に把持せらるゝや否やに依つて定められる。集団個性の独立が、一貫し且つ明瞭に把持せらるゝや否やといふ事は、具体的に毎月の雑誌の上に現れるのである。　　（「大正七年のアララギ」）

このように前置きして各雑誌展望に入っていくが、文章全体は歌壇のアララギ非難に対する反論のおもむきを呈する。歌壇の「写生」「万葉調」批判に対して、赤彦は、アララギの「集団個性」を固める必要を感じていた。

大正二年、左千夫亡きのちの数年間は、茂吉は茂吉の、赤彦は赤彦の、千樫は千樫の、同人たちがそれぞれの歌をもとめて切磋琢磨をした期間であった。時あたかも大正デモクラシーの時代である。「個性の独立と自由を尊重する心」（赤彦）こそが、左千夫亡きのちのアララギ同人のあり方だったと言っていい。

しかし、大正八年、編輯者赤彦は、集団アララギとしての理論武装の必要を感じ、見解を統一収斂するための一つの階梯として、三月号から十月号まで六回にわたる「同人寄合語」を企画した。同人たちに同一テーマに対するそれぞれの見解の提出をもとめたのである。うがって言えば、大正七年以来、歌に対する評価の違い目があらわになってきた迢空から意見を充分に引き出してみようとする意図も潜んでいたのであろう。

以下、大正八年の主要な評論を列挙する。

一月号　斎藤茂吉「大正七年のアララギ　其一　○写生の事　○万葉調　○子規系　○島木赤彦君」、釋迢空「氷魚の時代　上――島木赤彦論」、土屋文明「大正七年のアララギ」、島木赤彦「大正七年のアララギ」

二月号　島木赤彦「阜上偶語　一七　○鍛錬と徹底　○松井須磨子」

三月号「短歌と文壇」　斎藤茂吉・釋迢空・岡麓・島木赤彦・平瀬泣崖（泣崖は四月号掲載）

四月号「短歌に於ける主観の表現――同人寄合語。其の二」　斎藤茂吉・釋迢空・島木赤彦

五月号　「万葉調——同人寄合語。其の三」　斎藤茂吉・釋沼空・平瀬泣崖・山本信一・島木赤彦

六月号　「逝く子評——同人寄合語」　釋沼空・宇野喜代・横山達三・山本信一

七月号　（伊藤左千夫号）釋沼空「左千夫の小説」、同「先生で思出すこと」（この号の沼空以外の執筆者は省略）

八月号　「技巧に就きて——同人寄合語。其の四」　土田耕平・横山達三・島木赤彦

九月号　「短歌に於ける人事と自然——同人寄合語。其の五」　斎藤茂吉・釋沼空・土田耕平・横山達三・島木赤彦

十月号　「短歌の範囲——同人寄合語。其六」　斎藤茂吉・釋沼空

同人寄合語の執筆者に幹部同人の名が少なく、依頼があっても書かない人もあったかもしれない。なかでは、茂吉・沼空・赤彦三人の評論がやはり読みごたえがあり、いわば真剣勝負の論戦のおもむきがあった。

a　茂吉の「僕の心のする方」論

まず、斎藤茂吉の論を概観してみよう。

一月号「大正七年のアララギ」については、これまでにも触れた。要約すれば、「写生の事」で

は「写生とは実相観入に縁つて生《せい》を写すの謂」とし、「手段」と言った子規から移ってこのように「写生」の概念を徹底させたのは自分たちである、と言明した。そればかりでなく、「大正七年度のアララギの歌は奈何といふに、みんな「写生」である」と、党派意識をむきだしにした。また「万葉調」では、「直《なほ》く、ひたぶるなる、荒魂《あらだま》の響きさながらの調べ」というのが嫌なら「生命調」「いのちの調べ」もしくは「アララギ調」とでも言うがよい、「「アララギ調」と謂わず、「万葉調」と謂つたのは謙遜の意に出でたのである」と、挑発する。論理も何もあったものではなく、喧嘩である。

四月号のテーマ「短歌に於ける主観の表現」においても、茂吉は力をこめた評論を書いた（後述する）が、そのほかのテーマではかなりあっさりと書き上げた。三月号の、なぜ短詩形が現在の文壇に重要視されないのかという「短歌と文壇」では、「もともと和歌は時代精神などを作るには余り役に立たぬ」、群集は時代の流れにいちはやく飛び込むことを自慢するが、「現世の歌つくりは、つくづくとおのが悲しきWonneに住むがよい」と、一ページほどで切り上げたし、五月号のテーマ「万葉調」でも、「予等の万葉調」とは「僕の心のするゐ方を云つたのであつて、これを周囲に強ひようなどとは微塵もおもはない」と述べて、切り上げた。

茂吉の議論の力がこもるときは、歌壇外部からの「万葉調」批判や、赤彦の歌に対する批判、「写生」批判を念頭におくときであって、そういう時にはたいへん過激になる。

そして、議論をつねに積極的に主観的――つまり意図して主観的にはこぼうとする。実作を離れた歌論というようなものは、するつもりがない。つねに「僕の心のするゑ方」論であり、作歌信条の熱烈な告白である。

b「短歌と文壇」…三月号

沼空の評論はそれとは違って、学者としての見識に裏づけられた客観性をもち、真正面から持論を展開するもので、いずれも読みごたえがある。ことに三月号の、なぜ短詩形が現在の文壇に重んじられないのかというテーマ「短歌と文壇」は、赤彦没後に書いた「歌の円寂するとき」の原形ともいうべき評論であり、当時の歌壇の雰囲気がよくわかる。

概要を述べてみよう。歴史的に見て歌が文壇のすべてであった時代は長く、貴族文学としての短歌が民衆化したのは明治になってからのこと。宮内省派の旧派和歌が批判の対象であった時代がすぎていまや問題にもならなくなり、新派和歌隆盛の今日となった。しかし、そうなってくると若者たちの新派和歌もたちまち「三十一音の言語遊戯」となり「一種の臭い雰囲気」を作りはじめている。新派歌人の不足な点は「一、労作時間。二、知識。三、経験。四、態度」である。

まず、第一の「労作時間」について。小説・戯曲は創作に没頭している時間だけでも長いが、短歌は口拍子でできる。「陣痛の悩みにも譬える表現の苦しみが、創作物ばかりでなく、内界を改造するのである」「熱意の時間が短いと言ふことは、歌人をば、文学者として完全な者たらしめない大きな理由である」。

二の「知識」について。古今も新古今も知らずして自分の作物の価値を何と比較するのか。「歌の内容が、歴史的に何処迄開発せられてゐるかを知つてこそ、始めてほんとに自身の表現の苦悩を自覚した人と言はれるのである」。さらに困るのは、「短歌を作る人が、文壇の趨勢に無頓着《むとんちゃく》な事」、流行などは問題にしなくてもよいが、「敗残者になつても為方がない」。歌壇の人で文壇の趨勢を見るだけの人がどれだけいるか。自然主義以前と以後が明らかに日本の文人交代の時期になっているのを見ても「変化・流動が、同時に常住にして新しい生命を表現して行く努力」が大切だ。歌壇大衆のあくび混じりの歌が文壇的になろうはずがない。

三の「経験」とは主に内界だが、「今の歌人たちは、表現の原動力が、経験と人格とにあることを考へて居ない」。人間味に乏しい歌人たちが、深刻な外国文学などの行われている文壇に尺寸の地位でも占めようなどとは気が知れない。

また、四の「態度」にしても「烏合の朋党・諂諛の饗宴、其を以て年中行事として、どうして文壇的な地歩が占められよう」。「文壇的な作物とは、時勢に迎合し、俗衆の喝采を博する種類を斥《さ》すのではない。不易流行に相叶うて、真に常若な生命を湛へた物を言ふのである」。

このように述べつつ、迢空はひるがえって文壇の方にも問題のあることを指摘した。文壇作家は、短歌という詩形に理解がないために見くびりすぎており、短歌に対する鑑賞眼も鍛錬されず、底が知れている。短歌の方から有力な批評家が出ればいいが、今の歌壇の有様ではそういう能力のある者はいない――と。

一方、島木赤彦の意見は、「東洋の文化は古来鍛錬的であり意志的」であって「力を一点に集中するとき、形が簡約になる」。そういう形式である短詩形が文壇に重要視されないのは、文壇が「人気者の巨人に感嘆」するようなところがあるからだろう、短歌が文壇に行われるとか行われないとかは考えなくてよい、といったものである。岡麓の意見は、文壇で名のある田山花袋も徳冨蘆花も島村抱月も、その作る短歌は古くさくて読めたものではないといった趣旨のもの。茂吉の「現世の歌つくりは、つくづくとおのが悲しきWonneに住むがよい」という意見を始めとして、赤彦も岡麓も外部を遮断し、排して、おのれの求める短歌のうちに立て籠もろうとする。

沼空の意見は、ひろく見わたして外部との関係のうちに短歌の現状を認識しようとするものだった。新派和歌(短歌)はかつて旧派和歌の堕落と硬化を打ち破ろうと緊張していた純粋な時代を過ぎて、いまや大衆化現象が起き始めている。水準の低下と歌界の俗化が進み、視野が狭くなっている、と指摘する。旧派歌人には古今集以下の和歌の知識と修練が必要だったが、その束縛から解き放たれた新派歌人は、はやくも短歌形式の簡便さのために文学から遊離し、大衆化通俗化しつつあるというのである。

c　西欧由来の「自然主義理論」排撃…四月号

茂吉や赤彦には、根岸派の「写生」を自然主義理論から切り離し、その淵源を東洋思想に求める傾きがあった。かといって茂吉は西欧思想を援用しなかったわけではない。また、アララギ同人たちが一致した「写生」論をもっていたわけでもない。

しかし、大正七年に入って赤彦の叙景歌批判がたかまるにつれ、茂吉の東洋回帰的な実相観入論が姿を現し、もともとそういう傾向を持っていた赤彦が歩調を合わせ、アララギの新しい「写生」論が姿を現しはじめた。それにつれて、迢空の従来からの批評――すなわち西欧由来の近代美学や自然主義理論をわきまえた、文学の普遍性を念頭に置いた批評の構造が、しだいに異質なものとして浮きあがってくることになった。四月号「短歌に於ける主観の表現」は、それが露出したテーマである。

迢空の議論は、変わらず一貫したものであった。「単なる、感情の表白が抒情の極致で、外物の写生が主観と没交渉である、など言ふ迷妄は、主観・客観の素朴な用語例から脱する事が出来ない為に起るのである」。すなわち叙景歌だから主観がない、抒情がないといった歌壇の素朴な批判に対して、まず反論をする。しかし「純然たる内界描写が、近来あまり、行はれぬからの要求だとすれば」――、すなわち近年叙景歌ばかりになりすぎている、もっと直接な感情表白もあってよいという意味の批判なら、こちらも大いに反省すべきで、たしかにそういう面はあると、歌壇の批判になかばを同意した。だからといって、それが「今ある外界描写の理想的な作品を、排すべき何の理由にもならない」と、赤彦の歌への非難のゆきすぎも、また指摘する。

赤彦は「外界描写の理想的な作品」を達成している。それを認めない論争は、たんなる歌壇の党派争いにしかならない。しかし、アララギの方もその批判の真意を汲み取らなければならないというのが、迢空の意見であった。

しかし、茂吉と赤彦は徹底してアララギ防衛の立場をとる。そこには強烈な党派意識もあったが、また一つには「木の位牌の歌」に対する評価にあらわれたように、客観すなわち主観という実相観入の「写生」論がその裏づけとなっていた。

茂吉は「其の一」で、近頃の歌は客観的記述的でスケッチにとどまるというアララギ歌風への非難に、子規以来アララギには客観的な歌も主観的な歌もともにあった、と反駁する。「其の二」では、もともと歌に主観的とか客観的とか言うのは不徹底で、抒情詩である短歌は「生命の奈何、活きてゐるか死んでゐるか。魄力の奈何。だれてゐるか張つめて心の底ひを歌ひあげてゐるか、鳴りひゞいて来るか来ないか」だ、「短歌に於て主観的とか客観的とかいふことを気にせぬがよい。そして究竟の義に於ける「写生」でゆくがよい」と力をこめた。「其の三」では、前にも引用したように、自然自己一元の生を写すという実相観入論を展開し、感情移入の説を紹介する。

赤彦もまた、力のこもった文章を書いた。感情とは「心が事と物とに対して活動する一種の状態」で、それを直接に表現しようとするのが自分たちの「写生」である。「うれしい」「かなしい」といった抽象的概念語によらない、具象的表現すなわち心を動かされた事・物を「写生」することこそが、感情の直接表現になるとする。

赤彦の論は技法的な側面からの記述だが、おおむね茂吉と意見を同じくしている。「自然現象の歌、人事の歌などといふ分類によつて歌を品隲するは、指頭の外殻に触るるに過ぎぬ人々である」

という一節などは、明らかに沼空の批評に対する反論である。沼空の批評構造は学的基礎にもとづいたものであって、無根拠なものではないが、赤彦にはその論理の立ったところが表層的な図式に見えたのだろう。

赤彦は、じつはこの二ヶ月前、二月号「阜上偶語　一七」で、「鍛錬と徹底」と題するつぎのような自然主義運動に対する全面的な批判の文章を書いていた。

――文芸における自然主義運動の「伝播者とその信者」は日本の文化に何の寄与があったか、上滑りになれた日本の文学者は、「現今日本文芸の基礎として自然主義の寄与」をみとめているけれども、何ら徹底的態度もなければ鍛錬もない。「或る自然主義唱道者は自ら家庭を破壊して一女優と共に新劇の創始に従事した」が、女性に対して「男性がなす自己性命鍛錬の意志力」がなかったから、女優は驕慢となり、芸品が低下した。こんな文学者をもって近来「日本に於ける徹底的自然主義者なりとして挙げるものがある」、と。

さらに「日本に於て自然主義が文芸上の運動として称道せらるゝ以前にあつて、自然主義者の唱ふる所を実行したものは子規である」と述べ、赤彦は「西洋伝来の自然主義」の意義を全否定した。

一切名をあげずに非難する「一自然主義者」とは、二ヶ月ほど前にスペイン風邪で急逝した島村抱月、「一女優」とは松井須磨子である。赤彦はここに来て、アララギの「写生」を「西洋伝来の自然主義」からはっきりと切り離し、口を極めて抱月と自然主義とを排撃した。*24 抱月亡き今こそは吐露するといった語気が籠もっているが、そこには、迢空の歌論の依拠するところを叩くという意図も潜んでいたことだろう。

しかし、迢空はひるまない。赤彦の苛烈な島村抱月批判・自然主義批判の文章が掲載された数ヶ月後、七月号「伊藤左千夫七周忌記念号」に十四ページにもわたる「左千夫の小説」と四ページのエッセイ「先生で思ひ出すこと」を書いたが、小説論では、「自然主義の主張が、彼の心に具体化せられて来」ていると分析する。

また、エッセイでは、初めて左千夫にまみえた日の印象を述べつつ、欠点の多かった言動も「人間といふ一語に思ひ至るとはつとした」、自分がここまで成長して来られたのは「外面的に与へられた自然主義の影響の上に、其内容として、費されたとも見える先生の一生が、私の心の中に、具体化せられて来た為である」としるす。自然主義によって人間の醜悪面を直視するという思想を知り、左千夫によってその内容を教えられた。「人間」というものを教えられたというのである。

赤彦・茂吉らと齟齬のあった左千夫晩年の苦衷を思うにつけても、身につまされるところがあったのだろう。しみじみとした文章のうちに、自分の成長の過程には啄木の歌しかり、島村抱月の理論しかり、そして左千夫の「人間」にいたるまで「自然主義の影響」がじつに大きかったと、あえて言明するのである。

d 「万葉調」について…五月号

五月号のテーマ「万葉調」もまた、前年大正七年の茂吉とのやりとり以来、考えのずれの明らかになってきたテーマである。

茂吉は、さきにも触れたように「まへに万葉調のことを云つたのは僕の心のする方を云つたのであつて、これを周囲に強ひようなどとは微塵もおもはない」と述べ、これは「予等の万葉調」であり「予等の歌調」であるとつっぱなした。

赤彦は、自分たちが万葉調を尊信するのは、「万葉人の強き意志の現れを尊信する」のであり、「万葉集の歌の形乃至響き乃至節奏を総称して万葉調といふのである」とする。「強き意志」を強調しているところに赤彦らしさがある。

迢空は、歌の形式が固定したのは極めて古い時代なので、歌の本質の改造は容易ではない。内容は何でもうたえるが、「歌としての燻しをかけないでは、歌の形式をとつたある物」となってしまう。だから「古典的な抒情詩」なのだ。口語体の歌がものにならないのも、この故である。「内容を整理する燻しの力は、気分として一首の上に働く」「此気分が、歌の歌たる力」であると、おおかた歌の本質と口語・古語・死語などにかかわって述べる。「万葉調」そのものについては、最後の結末部分で、

我々は強い息の力に圧せられる様な、万葉調に、一本気な、はりつめた、鳴りわたる生の力を寓するのである。古語がどうの、内容と形式との交渉がどうのと空論ばかりする輩の声など

は、壁訴訟としてとりあげないでもよいのである。

と、わずかに触れるのみであった。また続く「其二」においても、古語・死語使用についての弁護を述べつつ最後の数行に、「今の処、抒情脈を離れることの出来ぬ歌が、当然採るべき道は、凛とした血脈の活動をさながら伝へる調子でなくてはならぬ。我々が、万葉を尊び、万葉調を固守するのも、此為である」と、我々の「万葉調」についてわずかに触れた。いずれも文体がここで飛躍し、「強い息の力」「一本気な、はりつめた、鳴りわたる生の力」「凛とした……調子」など、文章に無理な緊張が感じられる。

「万葉調」については、茂吉に気をかねたか、自説はさておき、アララギ幹部同人の一人として我々の「万葉調」という党派的な発想をぎりぎりまで自らを曲げてとったように見える。

e「逝く子」評…六月号

赤彦は、大正八(一九一九)年五月号に、「逝く子」十六首、「ウヰルソン氏に寄す」八首、「おほきつかひ」八首の、計三十二首を出詠した。沼空が「長男政彦を悼む歌の、いまだに出て来ぬのも、赤彦の敬虔な臆病の為である」(二月号「氷魚の時代」)と述べた、その挽歌がいよいよ出た。

翌六月号の同人寄合語では、テーマを「「逝く子」評」とし、沼空を筆頭に、宇野喜代・横山達三・山本信一の四名が執筆した。

左は「逝く子」十六首のうち、冒頭の七首一連である。

ひたすらに面わをまもれり悲しみの心しばらく我におこらず
むらぎもの心しづまりて聞くものかわれの子どもの息終《いきをは》るおとを
このおもわすでにこの世のものならずと思ふあひだもわれはまもりつ
ふるさとよりはるばる来つる祖父《おほぢゞ》にものを言ひたりこの日のくれまで
おほぢぢの荒れし手のひらさすりつつ国にかへりしおもひすと言ひつ
けふのあしたおほぢぢの手をとりてよろこび夕にはゆくわが子のいのちは
顔のうへに涙おとさじとおもひたりひたぶるに守《も》る目をまたたかず

沼空は、右七首について「赤彦の力がこんで居るだけに、感心の出来ぬものとなつた。観照の不動、客観態度の確立、といふことに囚はれ過ぎた処が、露骨に出てゐる」と評する。右二首目三首目など、赤彦の心を思うと涙なしにはいられないが、結局「小説の内容の程度以上に、撃つ所がない」。第二部第三部の歌になると「つぶつぶとではあるが苦しまずに物を言つてゐる」として、おおよそ評価しない。

宇野喜代（宇野喜代之介）は、最初に読んだときには哀感に打たれたが、今はある窮屈さと律動のたるみを見出でているとする。「ウキルソン氏に寄す」「おほきつかひ」についても、「作者の正義の観念や愛国心は幾分わかるけれど」と、頭をひねる。

対して、横山達三は、「島木赤彦先生」と文中に敬称して、「逝く子」十六首は佳作、ことに第一部七首を近来の傑作と絶賛した。山本信一の文は短いものだが、「このたびの歌傑作であつて、「逝く子」に殊にすぐれたものがある」と、これもまた絶賛した。「ウヰルソン氏に寄す」「おほきつかひ」についても「非常なるひゞきをもつた歌」と評した。

「木の位牌あり」の歌以来の評価の食い違いが、ここに再びあらわになっているのだが、宇野喜代、横山達三、山本信一、いずれも赤彦の弟子である。横山、山本の文章は、先生の歌に対する弟子の感想といった印象を出ず、迢空の批評とは比べものにならない。

茂吉や千樫など同人クラスの歌人をまじえない人選は赤彦によるものか。この執筆の布陣では、かつては人にそねまれるほど赤彦と交流のあった迢空が、いまや垣なす直弟子たちの外に弾き出されたかっこうに見える。

赤彦没後に書かれたとおぼしい「半生の目撃者」（全集廿八巻）に、「私もやはり嫉妬を感じる。が多くの場合、羨望嫉妬をしさうな位置に身を置き又、置かれる時の、周囲の思はくに気をかねる際ほど不快な事はない」[*25]と吐露した。赤彦をめぐる直弟子たちと迢空との関係を誌面に露出させたこの「「逝く子」評」などは、「自身より低い値打ちの明らかに訣つてゐる物に対して、周囲が、憤怒嫉妬の表出を傍観の興味を持ち又、持ち相な」[*26]立場に陥るといった、そういう厭わしい体験の初めだったかもしれない。

のちに、島木赤彦歌集『氷魚』が出た大正十年、沼空は、この「逝く子」評をふたたびとりあげて、自らの評の正当性を重ねて主張した。

其にも係らず「わが子」は小説風な描写になつて居る。小説に興味を持たなかつた人々は、其心理描写に驚くかも知れぬが、小説を知るものは、態度の誤りが、目につき過ぎたのである。「逝く子」の評をした時、小説作家宇野喜代之介が、ほゞ私と同意見であつたことは、私の此言の活き〳〵とした證拠なのである。

（「なかま褒めをせぬ證拠に」大正十年三月「アララギ」）

「ウヰルソン氏に寄す」「おほきつかひ」は今でいう政治詠時事詠であった。これについても沼空は、赤彦は悲しみを湛えている人で茂吉のように燃えいきり立つ人ではない、「いきり立つ詩人でない赤彦は、うゐるそんを憎み、西園寺を嗤ふには、適した人ではなかつた」、新聞記者の考えるような「固定、硬化した人道主義を捨てない間は、ほんとうの芸術化せられた諷諭歌は、生れないであらう」と、真実をするどく突いた。沼空がアララギを去ろうとする年の大正十年、二年前には言わずにおいたところをもはや腹蔵なくさらけ出しているのである。

f　感情的齟齬の露呈…九月号

八月号の同人寄合語のテーマは「技巧について」、執筆は土田耕平、横山達三、島木赤彦である。

全六回の同人寄合語のうち、迢空はこのテーマについてのみ執筆をしなかった。多忙もあったかもしれないが、合評などで赤彦に対して趣向に陥る傾向をしばしば指摘しており、赤彦のこだわるところのあるテーマであって、激突を避けてあえて執筆をしなかったのかもしれない。

九月号のテーマは「短歌に於ける人事と自然」。これは、迢空がたびたび実作の上でも論の上でも考えてきた、叙事にかかわる重要なテーマであったが、一方、四月号同欄「短歌に於ける主観の表現」で赤彦が、「自然現象の歌、人事の歌などといふ分類」によって歌を論ずるのはうわっつらな議論だ、と難じたテーマでもあった。

執筆者は、斎藤茂吉・釋迢空・土田耕平・横山達三・島木赤彦の五名、土田と横山は赤彦の直弟子筋にあたる。

茂吉の文章は「このたびは、余り自己に即せしめずに傍看的な看方で論じて見た」として、つくる側から言えば自然でも人事でもその人の好みや傾向次第、鑑賞の側から言ってもどちらかに偏するのは未だ歌がわかっていないということだ、ただ作る側から言うと人事は難しいといった、作歌の指針的なあっさりとしたものである。

土田耕平と横山達三の文章は、赤彦に追随して人事自然に区別はないといった趣旨の、評論というより感想エッセイというたぐいの短いものである。

対して迢空の評論は、これまでの考察を整理しつつ和歌や俳句の歴史を見渡した力のこもったもので、力量の違いをみせた。概要はおおよそ、つぎのようなものであった。

俳句の人事の句は叙事的な輪郭をなぞっていく。短歌は季題がないから自由にみえるが、俳句は叙事的表現を認めているだけ短歌より広く自由に人事に入っていけると、まず俳句と比較する。また、寛・晶子の歌を引用して、新詩社のものは「抒情脈の内容を叙事化した上に、舞台面に引きなほし」たようなところがある。人事の歌はともすれば感傷や面白半分を誘いやすく、表現の上の妥協がおきやすい、また人臭さに堪えられなくなる、と、人事の歌の困難さを茂吉と同じく指摘する。こうして「自然を征伐して来た写生道の行くてには、更に難渋な人事が残つて居る」が、それは短歌の本質の改造ということに等しい。土岐哀果や西村陽吉らの生活派には人事派と経済派のまじったようなところがあるが、それにもかかわらず人臭さが少ない。それはよいことのようでじつは悪いことだ。芭蕉の句や西行の歌でも人は「虚脱した様な境地」を喜びやすいが、それはよくない。そういう人は芭蕉の生涯を見誤っている。芭蕉も、ずいぶん人臭いところがあるのだ。西行は最も人臭かったのにその亜流には虚脱を装う歌人が昔から多い。「正風の人事の句が、すべて虚脱を目ざして居るのは、芭蕉の生涯を見損ねた人たちのえせ風流である」。

この評論末尾の、「虚脱した様な境地」を喜んで「生活力を湛へての静寂」と「渾身の精力を亡くした残骸」とを取り違えてはいけない、という部分は、じつはその頃、芭蕉をめどに置きはじめた赤彦の歌の変化を指している。迢空は暗に、赤彦の歌の向かおうとしている方向は誤っていると、指摘した。わかる人にはわかるといった書き方だが、少なくとも赤彦には伝わっただろう。

この同人寄合語の最後に、赤彦は、人事とか自然現象とかいう区別を「歌の命についての問題として考えること」自体が無益であると書き始めたが、まもなく筆が逸れて感情が噴出した。

予の子を失つた歌に一年半かかつたことに対して釋迢空君は予の態度に「卑怯」といふ名を冠らせた。予は何度も紙に対して歌の一句をも書き得なかつた自分の心の実証を頼みにして釋君に「卑怯」の二字を返却する。作歌の心が感動にかへり、感動の心が涙を紙に落させるのが何月も実際であつたからである。こんな事は恥である。涙を落すやうな予の心は弱いのである。その弱い心に名づけて卑怯といふならば予は直ちに承服するだけの従順心を持つてゐる。予は自己を中心とする人事現象は感動が強烈であると言つた。強烈な感動が作歌の心になるまでには時間を要すると言つた。時間を要しても左様な感動から生れ来た歌は猶且つ「生ま」であり易い。感傷的になり易いからである。

ついに迢空に対して意のあるところを露わにし、まっこうから反駁した。人事の歌は、弱い心から生れる感傷を感動の強い力の現れとなるまで鍛えなければならない、だから自分もあれほどの時間を必要とした、自分は「卑怯」ではない、というのである。

ところが、書いている途中、ちょうど迢空が訪れたので「卑怯」の語について話すとそれは勘違いだという。「本人たる同君がさう言ふ以上、予の感違《ママ》いに相違ない」、頭の具合もよくないので「あとでゆつくり同君の文を拝見した上、あやまるべきをあやまることとする。具合が悪いが仕方ないのである」（傍点原文）と文章を締めくくった。
沼空は、一度も「卑怯」といぅ語はつかったことはない。おそらく一月号の赤彦論中で、政彦の挽歌のいまだ出ないのも「赤彦の敬虔な臆病」からだと述べたその部分を指す。しかし、「臆病」といぅ語は、前にも述べたように、大正七年五月号「阜上偶話十四」で、赤彦自身が告白した言葉なのであった。

予の歌はんとする感動が重大なれば重大なるほど容易に歌に着手し得ず。着手する時恐怖心起るゆゑ夫れのみにても着手の容易ならぬ心地す。歌を作るに恐怖心起るなど馬鹿げたるやうなれど、恐怖心の起るは単に臆病なるが故なりと言ひ去る人ある時、予には夫れよりも厳粛なる意味を以て人間の心を考へんとするの必要を感ず。

深い悲痛をうたおうとするとき、故知らず恐怖心が起きて手をつけられない、これを簡単にひとは「臆病」などと言い捨てるかもしれないが、そうではない、人間の心の究極はこういうものだと、赤彦としてはようやく吐露した真率な告白である。（このくだりを含む半ページ分は『赤彦全集』では削除されている。）[*27]

しかし、沼空は、そこにこそ問題の核心があると、あえて突き刺した。それはやはり赤彦の臆病なのだ、感傷もあってよいではないか、感傷は文学における悲劇の源だと述べたのだった。「赤彦は臆病である」「赤彦の敬虔な臆病の為」という言葉は、深い同情と理解とをもって出されたのだが、「臆病」とか男らしくないとか言われることを極端に忌み嫌う赤彦である。肯綮に当たっているだけに、逆手にとられた「臆病」の語が棘のように突き刺さった。それをようやく抑制しつつ、ここまでひっぱって来たというのが赤彦の本音だったのかもしれない。

g　迢空の大正八年

つぎの十月号同人寄合語のテーマは「短歌の範囲」、執筆は茂吉・迢空の二人で、やや曖昧なテーマ設定である。おそらく迢空が「逝く子」評に書いた、歌が小説の領域に入っているという発言に関わるのだろうが、茂吉は「短歌の内容」「短歌に詠み込む材料」の範囲の意と受け取って、作者の側から口語歌などについて触れた。迢空は、「短歌の能力の限界を定めること」、すなわちその本質を論じることと受け取って、何度も述べてきた概略をもう一度述べる。歌は「先天的な古典抒情詩」であって叙事の方向とはなかなか反りがあわない、人次第ではあるが、「短歌の本質を固執するか、其れを拡充するか、其ともすつかり本質を改造するか、此国民詩形は、今や其煩悶時代に臨んで居る」と、短く締めくくった。これをもって、同人寄合語は終了する。

大正八年の主要評論、および六回にわたる同人寄合語をつうじて、底意をふくんだ赤彦の文章と編輯とが迢空を追い込んでいっているさまは、見える者には見えていただろう。

しかも、そうは言いながら、赤彦は、迢空をいちがいに排除するというふうでもなかった。たとえば、大正八年一月号に「赤彦は臆病である」という語を読んだ翌二月号の編輯所便では、発行されたばかりの釋沼空著『万葉集辞典』をやや興奮気味に推奨した。

▲釋沼空著の万葉集辞典彌々発行せらる。六合組菊版五百頁の大冊なり。斯の如きは万葉集研究史中初めてある所にして、本書によりて万葉集研究者を裨益する所極めて大なるべきを信ず。万葉集研究者のため、同氏のため、慶賀に堪へず。会員諸君の一本を備へんことを勧むるに躊躇せず。詳しくは広告欄に就かれたし。

会員にも一本購入をすすめ、購入の便宜まではかっている。さらに一面をつかった広告には、つぎのような長文の推奨の辞が述べられた。

国家を云為せんとする者は先づ万葉集を知らざるべからず、万葉集を知らんと欲する者は万葉歌作者の生活意識を了解し精神状態を解剖して、其歌心発作の機微を探究せざるべからず。従来の歌学者多く之を遺却し、単に辞句の解釈にのみ没頭せるは、所謂門に入つて堂に上らず汁を啜つて胾を食はざるに等し、著者之を憾むこと茲に年あり、夙に万葉研究を以て畢生の事業とし、刻苦十有八年、前人未到の真諦を開拓して此一書を成せり。蓋し本書は其名の新しきが如く全然創出独歩の万葉新註にして、辞典といふと雖も亦万葉時代史たり万葉哲学とも称すべき斬新稀世の珍書たり、歌人歌学者国学者歴史家は勿論、苟も文学に志ある人士は必ず本書を座右に備へざるべからず。

無署名だが、文体からしても赤彦のものだろう。二月号編輯所便とこの一面広告の惜しみない賛辞は、『万葉集辞典』を初見した赤彦がいかに瞠目し、昂奮したかということをしめす。その一方で、同じ二月号誌上に、先述したように島村抱月と自然主義を排撃する文章を掲載していた。これが迢空に対する批判として響くことは「c 西欧思想「自然主義理論」の排撃…四月号」の項でも述べた。

感情は感情、仕事の評価は仕事の評価と、わけることのできる——少なくともそうすべきだという自制心と懐の深さを赤彦はもっていた。赤彦への信頼を失っていなかった迢空は、月が進むにつれて「「逝く子」評」の執筆陣営や、赤彦の筆のおりふしに何となく掣肘を感じつつ過ごしたことだろう。ついに九月号「短歌における人事と自然」執筆中の赤彦が本音を噴出させた。そうして初めて事の次第を理解したのではなかったか。これまで毎月のように長い評論を執筆してアララギに参加してきた迢空だったが、以後その関わり方が次第に消極的になっていった。

＊

ところで、大正八年の迢空の身辺は、これだけの文章を書きながら、あわただしいものであった。まず一月、國學院大學臨時代理講師となる。これは「半生の目撃者」にあるように三矢重松の引きによるもので、のちのち自分のあとにと考えての採用だったらしい。「此時は、天にも昇る心地のした事は事実である」[*28]というほどの喜びがあった。「時間給料でも、定収入に近い物」が生活を安定させてくれることがうれしく、「一月から七月に到るまでの残りの学年の間」を三矢重松の庇護のもと「姑・小姑の数知れず居ると言ふ」緊張感をもって過ごした。

一方、前年末あたりから、鹿児島の学校にやった伊勢清志に心配事が起きていた。三月、やもたてもたまらず会津若松の教え子のもとまで金を借りにゆき、折り返して鹿児島へ赴いた。さらに七月、講義が終了してからだろうか、ふたたび鹿児島に赴いた。

大正八年は、長年の教え子伊勢清志が自分に背こうとしているという心痛をかかえながらも、大学で教鞭をとることができるようになり、一方、アララギでは赤彦との間の亀裂が深まってゆくという、多事多難な、迢空にとって変わり目の年であった。

註

＊1　このとき歌集『氷魚』はまだ刊行されていないが、「アララギ」大正五年十二月号の広告欄に、アララギ叢書第六編として中村憲吉歌集『林泉集』、第七編として斎藤茂吉歌集『璞玉《あらたま》』、第八編として島木赤彦歌集『氷魚』が予告掲載されている。

＊2　『斎藤茂吉全集』第九巻（「短歌に於ける写生の説　第三　写生の異説抄記」）七九一頁

＊3　註2に同じ。八〇一頁

＊4　『斎藤茂吉全集』第九巻（「童馬漫語」）一六一頁

＊5　加藤守雄著『折口信夫伝』（角川書店、一九七九・九）の［資料篇］に所収。三回にわけて連載されたものだが、「言語情調論」に採用しなかった五月、十一月分が収められている。

＊6　佐々木健一著『美学辞典』（東京大学出版会、一九九五・三）二三四頁参照。佐々木健一は、竹内敏雄編『美学事典』でcontemplationを「静観」としドイツ語のBetrachtungをこれと区別して「観照」と訳しているが、これは語形の違いによるだけで同一の概念であるとし、contemplatinの訳語としては「観想」をとる、とする。

＊7　岩佐壮四郎著『島村抱月の文藝批評と美学理論』早稲田大学出版部、二〇一三

＊8　『阿部次郎全集』第三巻「美学　第三章美的感情移入　第一節感情移入の概念及び種類」二三五頁。感情移入論は、美学上ではすでにヴォーリンガーらによって乗り越えられたとされる。

＊9　註8に同じ。三五三頁

＊10　これについては、玉城徹が早くから折りに触れて指摘している。たとえば、「うた」（21号、一九八三・一）掲載の講演記録「短歌作品の生命」など。なお、「短歌」（一九七三・一一）臨時増刊号所収の折口信夫新資料「短歌の作り方」（昭和二十六年七月座談会筆記録）には、「心の状態におって――自分の主観が対象に移入せられていくのだというのが、唯今の写生説の到達点で、アララギの先輩はそうである。その中とりわけ茂吉の写生は主観的である」と述べているのを見れば、少なくとも昭和二十六年時点の迢空は、アララギの「写生」を感情移入説として見ていることがわかる。

＊11　岩佐壮四郎（註3）は、前掲著書において同時代に感情移入理論批判や自然主義観照論の限界と問題点を論じた深田康算の諸論考を紹介している。

＊12　註6に同じ。一八二頁

＊13　高橋直治著『折口信夫の学問形成』（一九九一）「第二節『新美辞学』と『言語情調論』」には、島

村抱月の『新美辞学』と「言語情調論」との関係をのべ、また「言語情調論」中に「美学から見れば」云々の一文のあることを指摘している。高橋は、「若き折口信夫が美学に関心をはらっていたこと」、また「言語情調論」には心理学者レーマンとスペンサーの美論の影響があると言及する。迢空の批評構造の骨格形成と、西欧美学理論受容および自然主義理論との関係については、専門方面からの研究が待たれる。

＊14　このような迢空の批評の構造は、無根拠なものではない。西欧美学理論では写実主義自然主義は、「観照」を内界に差し向けるところから「意識の流れ」を追求する一派を生んだとする。

＊15　岩佐美代子著『玉葉和歌集全注釈』別巻一〇一頁

＊16　註15に同じ。一〇三頁

＊17　註15似同じ。一〇四頁

＊18　全集第十四巻四五一・四五二頁

＊19　「新古今前後」全集第八巻五二四頁

＊20　全集第十四巻四五二頁

＊21　「叙景詩の発生」全集第一巻四四九頁

＊22　「新古今前後」全集第八巻四六八頁

＊23　註22に同じ。四六八・四六九頁

＊24　この文章は、一月四日から五日にかけて信濃毎日新聞のために書いた記事だという。六日朝、松井須磨子の島村抱月に対する「殉死」の報に接し、須磨子を「丈夫以上意志力所有者」として感嘆する付記がつく。

＊25　全集第廿八巻五〇頁

＊26　註25に同じ。
＊27　『赤彦全集』第四巻の収録文章には、この「臆病」の語の入った部分をふくむ最後の半ページ分が削除されている。監修は藤澤古実。
＊28　引用は以下順に、全集第廿八巻四四・四五・四五・四五頁

第五章　歌の確立へ

一、自己の心境と他者の顔貌――歌の混乱

夕ふかき眼のくだり直落ちに傾く尾根に雪かゞやけり

大正七（一九一六）年九月号の歌評では、迢空の右のような歌が取り上げられた。評者は、石原純・平瀬泣崖・古泉千樫・島木赤彦。

「まなこのくだりひたおちにといふ続き柄が、私にはどうも実景をはっきりと思ひ浮べるたよりにならない」（泣崖）、「「眼のくだり」は眼の下にといふことであらうが、私はかういふむつかしい言ひ方を好まない」「この歌の第三四句はよい。このやうに行けば、賛成出来る」（千樫）、「第三四五句がいゝ。第一二句がわるい」（赤彦）と、「夕ふかき眼のくだり」がよくないとする点で一致している。また、石原純はいう。「雪の輝く尾根を眼の下に見たときに、作者の心境は果して

斯程な難解の表現を要求する程に冗複な自己凝視に向つて注がれてゐるものであるか否かを私は厳粛に作者に尋ねたい。その複雑な心境の開展に対しては結句の「雪かゞやけり」は余りに平易に転移してしまつてゐる」。（傍点原文）

第三・四・五句「直落ちに傾く尾根に雪かゞやけり」では、視覚的にまとまった景が浮かぶ。静的でなく、「直落ちに傾く」と動きをもって描き取っているところを、千樫も赤彦も評価したのだろう。

それにしても評者たちは、この歌をどのように解釈しているのだろうか。石原純は「雪の輝く尾根を眼の下に見る」というが、自分の立つ尾根の向かいに、やや低い鋭い傾斜を持つ雪に輝く尾根があって、それを眼下に見ていると受け取ってよいのだろうか。「直落ちに傾く尾根に雪かゞやけり」がまとまった視覚的な像を現出するからである。

しかし「夕ふかき眼のくだり」は、雪の輝く尾根の向かいに立っているというよりは、空中に浮遊したところから見ているようだ。「眼のくだり」と「眼の下に」とでは、受ける感じが違う。「下に」とせず、「くだり」としたのは、目の動線のようなものを出したいという意図があったのかもしれない。「全体に君の歌は言葉がへんに眼立つ。さういふ処に余り苦労するのはよくない」と千樫は評したが、そのような意図の過剰ないしは言葉の過剰な思い入れが歌の統一を崩す、というのが、同人たちの意見であっただろう。

沼空は、『海やまのあひだ』では、この歌を次のように推敲した。

ひた落ちに、丘根《ヲネ》はさがれり。夕深き眼のくだり　雪の色見ゆ

同人たちのせっかく褒めてくれた第三・四・五句「直落ちに傾く尾根に雪かゞやけり」を分解し、視覚にうったえる「傾く」「かゞやけり」の二語を取りはずして、「ひた落ちに、丘根はさがれり。」とした。不評の「夕ふかき眼のくだり」は残している。

「ひた落ちに、丘根《ヲネ》はさがれり。」では、視覚的にまとまった景は浮かばない。それほど高くない山の急傾斜をくだろうとしている足下の感じともいえようか。ものの形の見分かぬ夕暮れ深く、くだりつつ見下ろす急傾斜面の底の方には雪の白い色だけがけざやかに見える――。この歌の動機は、雪に輝く尾根を眼下に見るという視覚的な統一にあるのではなく、ある種の墜落感、夕暮れの底の白雪まで墜落していくような感じを出したかったのだろう。

右の歌をふくむ「夕山」八首はかなり推敲をほどこされ、『海やまのあひだ』では「端山」八首として掲載された。「端山」八首を読むと、一連の歌の作因は、次第にものの形が不分明になっていく夕暮れというものにあったことが、はっきりと受け取れる。

同じく「夕山」八首目の歌「尾のへにはさ夜風おこる木のとよみたばこ火《び》あかり人くだり来も」を、『自歌自註』では次のように述べた。

峰《ヲ》の上《ヘ》には　さ夜風おこる木のとよみ。たばこ火あかり、人くだり来も

「峰の上……」の歌は、「あらゝぎ」時代にも、讃めてくれた人が数人あつた。重苦しい、自由意志を失つたやうな歌ばかり作つてゐる私が、ともかくとらはれない歌を作つてゐる。さういふ点に、人は興味を持つたのであらう。つまり、軽みを愛する人があつた訳だ。山道の傾斜で人に逢つた。其人の啣え煙草の火の光りが、此歌の中心のやうに見えたのである。併し此歌も、煙草の火がぱつ〳〵とする、さういふ処にさげをつけたつもりではない。私はやつぱり、頭の上の山の高みに、急に夜風が吹き起こらうとして、木が底揺れして来た。その音に興味を持つてゐたのである。思はぬ処に救ひが出来て、肝腎の処は、閑却せられてしまつたやうなものである。私は此上句には、まだ自信を失はない。下の句を中心として、人がよく言つてくれたけれど、安心することは出来なかつた。

（全集第廿六巻一一五・一一六頁）

「たばこ火《び》あかり、人くだり来も」というように、歌を視覚的（あるいは聴覚的）な一点に集中させて効果を作るといった赤彦的なやり方が、ここに入って来ている。「直落ちに傾く尾根に雪かゞやけり」の「かゞやけり」にも、同種の機微が働いていよう。

迢空は、こうやれば仲間に享受してもらえるという一首のまとめ方を無自覚のうちにもすでに会得していた。しかし、歌の動機は「峰《ヲ》の上《ヘ》には　さ夜《ヨ》風おこる木のとよみ。」という、形の見分ぬあたりから吹き起こってくる音をうたおうとするところにある。その動機を握ったまま、視覚

的な一点に集中させて効果を出すというまとめ方をしてしまった。この歌の場合は、動機が目立たず、つながりが良かったために、その効果の方を人に享受してもらえたのである。

つゆどきのくもりてらねど病み臥しの母がねあせの夜着を干すかも　岡　麓
朝霧ふ庭の木の間ゆ灯影洩りほのかに窓のあかき家見ゆ　平福百穂
隣り家の庭の青葉を深々と塀の上に見る夏ふけにけり　平瀬泣崖
朝床に眼ざめて聞けば幼な子は乳母車に乗りてよろこぶらしも　門間春雄
やうやくに足たちそめて此夕べ厨に飯の煮ゆるをわが見つ　山田邦子
床の上枕さすべく抱きおこす吾児のからだの汗ばみて重し　三ヶ島葭子

これらは、「夕ふかき眼のくだり直落ちに傾く尾根に雪かゞやけり」と共に、九月号歌評にとり上げられた歌である。沼空の歌が、どれくらいすっきりしないか、わかりづらいか、よく見てとれるだろう。

「重苦しい自由意志を失つたやうな歌ばかり作つてゐる私が、ともかくとらはれない歌を作つ」た、「軽み」のある歌だったので、「峰の上に……」の歌は人に興味を持たれたと、沼空自身はいうが、それより何より「峰の上に……」は一首が上からすっきりと通り、味わいどころはここだなと了解させるものを持つ歌だった。他の歌には、どこか中途半端な、わけのわからない混乱した印象があった。

理由は、右に引用した岡麓以下六名の歌そのもの、および石原純の批評が迢空の歌を「作者の心境」「自己凝視」といった文脈に置いて読もうと努めているところを見れば、察せられる。

右掲出の岡麓以下六首では、「見ゆ」「見る」「見つ」「聞けば」、さらに「干す」「抱きおこす」といった作者の動作をあらわす語が、どれにも入っている。それが、一首を統一する要の役をしている。作者の位置や動作を要として一首を統一し、そこに「作者の心境」や「自己凝視」を表出する。これが、当時のアララギの歌の水準だったのである。

迢空にしても、「夕山」八首は大正七年三月号の九十八首とほとんど同時期に作られたものであって、九十八首を通覧すれば、作者の位置を要として一首を統一する、つまり感覚的把握や作者の行動を明示して一首を統一する技法を、この時期までにはよくマスターしていたことがわかる。だが、ものの形の不分明になっていく夕暮れどきの景への関心や、ものの形の見分かぬあたりから吹き起こる風音への関心は、「自己」の「心境」から生まれて来るのではない。「自己」以外の、わけのわからぬ他者の顔貌が向こうから突き出してくる、そこに歌の動機があった。それを手離そうとしないので、歌がわけのわからない混乱した不器用なものになるのだ。

迢空は、『自歌自註』に「端山」八首中の二首を掲げて、いう。


ともかく写生の態度だけを堅く離さなければ、歌は自然に優れたものが出て来る。さう信じてゐた。併しさういふ心の手本になつてゐる先輩達は、其上にまう一つ段階があつて、それに手足がとゞいてゐたのである。そのことを考へることの出来なかつた、その時分の歌は、形態だけの写生歌にとゞまつてゐた。

（前掲一一四・一一五頁）

「写生の態度」をかたく守れば優れた歌ができるようになるとかつて信じていたことを反省し、「写生」盲信を後悔するような口ぶりにも受け取れる。しかし、問題は「写生」というより、先に掲げた岡麓等六名の歌を見ればわかるように「自己」――現実にあって日常を生活する主体意識――の表出というところにあっただろう。もう一つ上の段階の「写生」歌である、たとえば赤彦の「善光寺」一連のような歌もまた、外界描写に「自己」の感情の反映や象徴を見るものであった。

沼空の「写生の態度」は、客観的な態度＝観照態度をもって現実に対するところにある。主観を没却して対象に向き合い、感じ取ろうとするとき、たとえばものの形の見分かぬあたりから吹き起こる風のような、向こうから顔を突き出してくる他者なるものの姿が見えてくる。それは「自己」の感情から生まれ出てくるものではない。

沼空の歌は「形態だけの写生歌にとゞまつてゐた」というより、「自己」を離れたところから生まれ出てくる歌の動機を、赤彦らアララギ風の「自己」表出の文体では充分に展開できず、わけのわからない継ぎはぎになってしまっていた、という方が正しい。

二、体験の束としての〈旅する主体〉——異人のまなざし

大正六（一九一七）年、三十一歳の迢空は八月から九月末にかけて、アララギ会員のために浜松・久留米・尾道で講演をし、続いて中国・九州を旅行した。帰京すると、無断欠勤一カ月におよんだため、奉職していた郁文館中学校から免職通知が来ていたという旅行である。「アララギ」十一、十二月号の「街道の砂」は、その講演についての報告・旅行記であり、歌としては十一月号の「山および海」八首としてあらわれた。

汽車のまどこゝにせまれる小松山をのへの聳えはるけくし見ゆ
湯のうへに煙はかゝる柘《つみ》の枝空にみだれて赤とんぼ飛ぶ
道のべの広葉の蔓《かづら》けざやかに日の入りの後の土あかりはも
この町にたゞ一人のみ知る人の彼も見たてぬ船場をあるく
夕たけて山真《ま》さ青《を》なり肥後の奥人吉の町火はつら並めり
速吸《はやすひ》の門《と》なかにひとつ逢ふものに紅丸の艫《とも》じるし見ゆ
遠き路したにもちつゝ旅籠の部屋あしたのどかに飯《いひ》喰ひをはる
船の底夕さりはやくわかち来るくさき飯《いひ》はむ心さびしく

これらは、歌集『海やまのあひだ』には最後の一首をはぶき、若干の推敲をほどこし、歌の順序を並べかえて、迢空独自の表記法を採りつつ、おさめた。

『自歌自註』を見ると、「この年の七月・八月・九月には、ちよく〳〵遠い旅をした。此集（筆者注・『海やまのあひだ』）には、此頃の旅行の記録は「山及び海」七首、「熊野」四首、「浜名」二首だけを記録してゐるに過ぎない」[*1]とある。大正七年は、年譜を見るかぎり旅行の記録がない。年の前半は神奈川県足柄下郡史編纂を委嘱されて小田原の旅館に下宿、後半は雑誌『土俗と伝説』の編集発行に消耗してか、アララギに歌は乏しい。

大正八年一月号発表「隠忍」の「薩摩より汝がふみ来到《きた》るふみのうへに涙こぼして喜ぶわれは（叱ることありて後）」ほか三首を見れば、七年の少なくとも秋から年末にかけて鹿児島の学校にやった伊勢清志に心配事が起きた。詳しい事情については他書にゆずるが、大正八年に入って三月、居ても立ってもいられず会津の教え子に金を借りにゆき、とってかえして鹿児島へ行くことになる。

そうすると、大正八年一月号「日向の国」八首、また二月号「日向の国その二」十七首も、大正六年夏の九州旅行の記録メモや記憶から作られていると思うよりほかないのである。[*2]大正八年一月号「日向の国」八首は、次のようなものであった。

山岸の葛葉のさがりつら〳〵に仰ぎつゝ来しこの道のあひだ
道のうへにかぐろくそゝる高山の山の端あかり夕ゐる雲見ゆ
裾野原野上《のがみ》に遠き人の行きいつまでも見えてかげろふ日のおも
山原の茅原《ちふ》にしをるゝ昼顔の花。見過ごしがたく我行きつかる
青空になびかふ雲のはろ〳〵しひとりあゆめる道につまづく
児湯《こゆ》の川長橋わたる。川の面に揺れつゝ光るさゞれ波かも
窓のしたに街道ひろく見えわたりさ夜の旋風《つむじ》に砂けぶり立つ
山すその松のひまより昼たゆき歩みを出す照りしづむ野に

これらの歌は、歌集『海やまのあひだ』では最後の一首をはぶき、二首目「夕ゐる雲見ゆ」を「居る雲の見ゆ」に、三首目「野上に」を「野の上に」にして、他はそのまま採用。大正八年一月号の八首、二月号の十七首、四月号の八首を合わせた「始羅の山」三十九首中に、分散しておさめられた。

大正八年の「日向の国」八首と、大正六年の「山および海」八首と——。素材は同時期のものであるにもかかわらず、この歌の違いはどうだろう。歌のおもざしがまったく違ってきている。「日向の国」八首の方が、歌の姿がやすらかで楽々とうたい出されている。

「見ゆ」「見えて」「見過ぐしがたく」「見えわたり」と、〈見る〉という語が多いのも特徴だが、

「仰ぎつつ来しこの道のあひだ」「我行きつかる」「ひとりあゆめる道につまづく」「長橋わたる」と、果てしない歩みを続ける〈われ〉の姿が明確に浮かび上ってきているところが注目される。

この動詞「行きつかる」「道につまづく」「長橋わたる」は、「山および海」八首における「船場をあるく」「飯喰ひをはる」などとは、まったく位相を異にした内容をもつ。後者は、当時のアララギ歌風の範囲内にあって、生活主体としての「自己」の動作に焦点をあわせているにすぎない。しかし、大正八年作の方では、〈人も　馬も　道ゆきつかれ死にゝけり。旅寝かさなるほどの　かそけさ〉など後に迢空の歌の基調をなす、旅の歌の最初のかたちが現れている。そしてこれは、大正元年の奥熊野をうたった「安乗帖」、あるいはそれを整理して手を加えた私歌集『ひとりして』における「うみやまのあひだ」一連の歌への回帰をしめすものなのでもあった。

まず、大正六年の「山および海」から、歌のひとつひとつについて、もう少し具体的に見ていくことにしよう。

汽車のまどこゝにせまれる小松山をのへの聳えはるけくし見ゆ　「山および海」

汽車の牕　こゝにし迫る小松山　峰《ヲ》の上《ヘ》の聳《ソヽ》りはるけくし見ゆ　『海やまのあひだ』

『自歌自註』によると、大正六年のこの歌は、「汽車が山陽線の山沿ひを走つてゐる。低い小松の枝が、自分の乗つてゐる窓に触れるばかりに迫つて来てゐる。而もその山は存外高い山であつて、相当遠くに、その丘と続く頂上が見えてゐる」[*3]ところをうたおうとしたものだという。続けて、述べる。

赤彦ならば興味を持ちさうな事を、私はいつまでも〳〵、もてあつかうてゐた。いまだこればかりは腹におちない。結局小松山の尾の上が遠くにある、といふこと〻、小松山が汽車の窓に迫つてゐるといふこと〻は、切り離すのがほんたうなのである。かういふ風に一つにしてしまふことは、よつぽど力量がない限りは、此歌を旧派化することになると思ふ。

（全集第廿六巻一〇三頁）

「赤彦ならば興味を持ちさうな事」をいつまでももちあぐんでいたという発言は、興味深い。この歌の関心は、「低い小松の枝が、自分の乗つてゐる窓に触れるばかりに迫つて来てゐる」のに対し、その峰は「相当遠くに」見えているという、感覚的印象を対照するところにあった。

後に迢空は、〈雨の音聞きつつあれば軒下の土と落葉とわかれてきこゆ〉というような赤彦の歌や、〈閨のうへは積れる雪に音もせで横ぎる霰窓叩くなり〉という京極為兼の歌に「趣向」を指摘したが、この歌はそれと同じ類のものである。このような感覚的印象を対照するようなところにばかり興味を持つと、趣向を凝らした歌と変わらぬものとなり、「此歌を旧派化」することになる。

しかし、大正六年あたりの迢空の困難は、「赤彦ならば興味を持ちそうなこと」すなわち外界を対照させて切り取ってくる「趣向」にひっかかっていたこともあろうが、むしろ外界を感覚的な印象としてとらえようとするやり方そのものにあったのではないか。

道のべの広葉の蔓《かづら》けざやかに日の入りの後の土あかりはも　「山および海」
道の辺《べ》の広葉の蔓《カヅラ》　けざやかに、日の入りの後《ノチ》の土あかりはも　『海やまのあひだ』

『自歌自註』には、「道が遠いのか、またほんたうは、宿のある村へ行きついてゐないのか、ともかく日が這入つて、余光も消えようとする時分、海辺の土の持つてゐる明りだけが、海道の路傍の草を照してゐる。その蔓草の裏表、葉脈さういふものが、あまりはつきりと目に見える。視力の異常を感じる程ではないが、若い自分は、さういふことに、ふつと注意をひかれることがあった。さういふ旅の夜の印象」[*4]をうたおうとしたものだが、「歌はまはりくどくつて」「知識だけが構成した歌」になった、と述べる。

この歌を、たとえば、赤彦の次のような歌と比べてみよう。

赤埴《あかはに》の土は明るしひとり居る我が眼に見えて松葉は散るも　大正六年作「栂と松」

明るい土のおもてにかそかに散り落ちてくる松葉がつばらかに見える、という歌だが、沼空の歌に比べてずいぶんすっきりと内容の出ていることがよくわかる。この「ひとり居る我が眼に」というところには、何の感情的負荷も心理的負荷もかかっていない。ただ「我が眼」の感覚するところだけが差し出されている。ぼんやりと流れる水のきらめきを見ているときに感ずるような、呆然とした快さが、そこに生ずる。大正五年、六年あたりの赤彦の歌は、このように外界の感覚的印象を歌に定着させていこうとするものだった。

迢空の、第三句第五句に「けざやかに」「土あかりはも」といった視覚的印象を示す語を置く作りは、歌を感覚的印象という方向からまとめていこうとしていることの証しである。赤彦のやり方に倣うものであるといっていい。先に掲げた「汽車のまどこゝにせまれる……」の歌も、じつは視覚的印象ということが歌の動機になっているので、遠景と近景との対照からどうしても離られないのである。

ところが、迢空の関心は、赤彦の歌のようにすべてを遮断して感覚的印象だけに限定するというところにはなかった。「眼」だけにはなり切れないところがあった。迢空の歌の動機は、「道が遠いのか、またほんたうは、宿のある村へ行きついてゐないのか」というような、宿の当てもないような旅歩きをしている主体から発するなげきにあった。そういうところから発する感じと、赤彦のように感覚的印象だけに限定するところから生じる呆然とした感じとは、一見近接してはいるけれども、根本的に出どころが異なる。

夕たけて山真《ま》さ青《を》なり肥後の奥人吉の町火はつら並めり　「山および海」

夕闌《タ》けて　山まさ青《ヲ》なり。肥後の奥　人吉の町に、燈のつらなめる　『海やまのあひだ』

『自歌自註』には、「日がずんぶり暮れて、目のあたりに見える山はみな、唯青い。遙かに燈のつゞいてゐるのは、人吉の町、それだ、といふ旅行者のほつとした気持ちをうたつた」[*5]という。この歌を、後の迢空の、次のような歌と比べてみよう。

谷々に、家居ちりぼひ　ひそけさよ。山の木の間に息づく。われは　『海やまのあひだ』

大正十三年作。歌集『海やまのあひだ』の巻頭歌〈葛の花〉の歌の、次に置かれている。人気のない深い山道を歩み続けて、峠を下り、ようやく谷を見下ろせるところまでたどり着いた。谷々には家居が散らばっていて、そこにはさすがに人馴れた気配がただよう。そういう気配を感じて、山の木の間に息づいている、という歌だが、この息づきは、先の「人吉の町」の歌を自註した「旅行者のほつとした気持ち」に通じているだろう。

同じような動機を持っていたはずのこの二つの歌の、結果におけるいちじるしい違いはどこにあるのか。

それは、「人吉の町」の歌に目を移してみればすぐわかる。こちらは、「山真《ま》さ青《を》なり」「火はつら並めり」と、視覚的印象による描写で固められている。だから、見ている「眼」は感じられるものの、「ほつとした気持ち」といふやうな、そこに動いている心の内容はうかがい得ない。しかし、歌の動機は「ほつとした気持ち」というところにあって、それを何とかして出したい。ところが、赤彦的な歌の作り方では、感覚的印象を中心にしてまとめてゆくので、どうしてもうまくいかない。

『自歌自註』には、続けて述べている。

題材は捨て難いものだが、部分的にどうしてもこなれ難いものがあつて、それが僅かばかりの言語に、障碍となつて出て来てゐるので、これは必しも語の悪さでなく、此歌の題材の、もつと根本的な領会が、作者にもないのだらうと思ふ。（前掲一〇三頁）

「谷々に、家居ちりぼひ……」という歌においては隈なくつかんで実現しているもの、それと同じようなものが「人吉の町」の歌では意識化が不充分だったということだろう。

遠き路したにもちつゝ旅籠の部屋あしたのどかに飯喰《いひ》ひをはる　「山および海」

遠き道したにもちつゝ、はたごの部屋　あしたのどかに、飯《イヒ》くひをはる　『海やまのあひだ』

この歌は、表記をいくらか改めただけで歌集に収録された。これはこれで出来上がった歌といってよい。青年らしい若やかさが感じられる。「飯喰ひをはる」という行動の輪郭に、「遠き路したにもちつゝ」「のどかに」という心情を添えることによって、現実のなかにあって生活する主体としての「自己」がくっきりと現われる。

しかし、これを、次のような大正八年の歌と比べてみるとき、どうか。

窓のしたに街道ひろく見えわたりさ夜の旋風《つむじ》に砂けぶり立つ　「日向の国」

窓のしたに、海道《カイダウ》ひろく見えわたり、さ夜の旋風《ツムジ》に　土けぶり立つ　『海やまのあひだ』

旅館の窓から覗いてみると、ひろい街道が一筋つづいている。夜であるから、旅館の灯の届くかぎりしかはっきりとは見えまい。道のかなたとこなたとは、夜の闇のなかへ消えている。そこに、つむじ風がたって、砂けぶりが舞い上がった——。

窓の下に街道を見、夜のつむじ風の立つのを見ている〈われ〉と、先の「飯喰《いひ》ひをはる」〈われ〉とは、何かが全く異なる。「飯喰《いひ》ひをはる」〈われ〉には、生活主体としての「自己」に焦点化しようという力が強く働いている。旅館の部屋で、まだだいぶ歩かなけりゃならないなと思いつつ、のどかに朝食を食べ終るというところに、わたしたちは現実のなかにあって日常を生活している〈われ〉の感情といったものを感じ取ることができる。ある一人の生活主体、「自己」、そういったものがこの歌には成立している。

しかし、「窓のしたに……」の歌には、そのようなある一人の感情生活といったようなものは、何も感じ取ることはできない。一首を読み終えて、全体に何かしら情のようなものが流れているのを感ずるが、それは「感情」というようなものではない。

この「窓の下に……」の歌に流れている〝情〟とは何なのか。それを見る前に、もうひとつ、大正六年の歌を見ておきたい。

速吸《はやすひ》の門《と》なかにひとつ逢ふものに紅丸の艫《とも》じるし見ゆ　「山および海」

速吸《ハヤスヒ》の門《ト》なかに、ひとつ逢ふものに　くれない丸の　艫じるし見ゆ　『海やまのあひだ』

『自歌自註』によると、「大阪・別府通ひの特別な汽船」*6くれない丸ができて、「此船に神戸から乗つて、別府迄行つたのが、此の旅行の踏み出しである」、広々とした「海峡の中で、偶然たつた一つの舟に行きあつた。行きあつたと思ふと、もう後姿になつた。いくら見てゐても、段々遠くなつて行く、くれなゐ丸の艫じるしである。自分の乗つてゐる船を、脇から見たやうに作つた」という。

「逢ふ」とまず言っておいて、下の句では船尾の「艫じるし」が見えると、時間の二定点を示して船の速度をあらわしたところがこの歌の手柄であるが、「自分の乗つてゐる船を、脇から見たように作つた」としているところは、はたしてどうだろうか。

「紅丸」は明治四十五年に就航、瀬戸内海航路のうちでは最大を誇り、船内設備も従来の船に比べて格段に優れ、乗客の好評を得ていたという。大正十年に「紫丸」に替るまでは、沼空も西下には、大阪から神戸、松山を経由して別府まで二日かかったというこの船に何度か乗ったことがあったに違いない。「此の旅行の踏み出しである」というように、このときの行きには紅丸に乗ったのだろうか。

しかし、エッセイ「街道の砂」（「アララギ」大正六年十二月号）を見ると、「速吸《はやすひ》ノ迫門《せと》は、四五年まへの経験もあつて、茲を通るのに、さのみ酔はないですむことは信じてゐた」と述べ、日向の細島から大分、別府、国東半島を経て宇和島へ渡っていくくだりがある。「第二宇和川丸といふ、この船は非常に船足が遅い」。「宇和郡を離れて喜多に入る」ころ、夕食の時刻になった。「三等船室の棚の下ほの暗い電燈のあかりで、異臭を噴く飯に、羊尾菜《ひじき》をそへてたべる時程、あさましい気のすることはない」。この「異臭を噴く飯」が、先にあげた八首目の「船の底夕さりはやくわち来るくさき飯《いひ》はむ心さびしく」であることはいうまでもない。

「速吸《はやすひ》の門《と》なかにひとつ逢ふものに紅丸の艫《とも》じるし見ゆ」の歌は、じつは、実際に船足の遅い「第二宇和川丸」に乗って大分から速吸ノ迫門を渡る途中、松山の方からきた「紅丸」に出会って作ったのではないか。[*7] これまで見てきたように、大正六年前後の沼空の歌は、赤彦を中心としたアララギ歌風の範囲内にあって、むしろ生活主体としての「自己」を現し出す方向に努めていた。その歌を、晩年の迢空が自註するにあたって、「自分の乗つてゐる船を、脇から見たやうに作つた」、つまり空想で作ったと、ごくあたりまえのように言っている。

じつは空想で作るということは、迢空が歌を始めたころからの癖であった。それは題詠ということをする和歌の作り方でもあったが、そもそも、歌を空想で作るということは、明治という時代にあっては、ごくあたりまえのことだった。明星派はもちろん、子規にどれくらい空想の歌があることか。茂吉のごく初期の歌は、空想の歌ばかりといっていいほどである。左千夫は、それをとくに咎めだてしなかった。

今のわたしたちには、短歌とは、現実生活者に生起する〈感情〉をうたうものだという漠然とした一般的了解があるが、明治の彼らにとっては、もちろんそんなものではなかった。詩歌には、まず詩趣ともいうべきものが求められなければならず、空想がそこで働くことは当然許容される。その空想を含んだ詩趣の固定から歌を救い出すために「写生」があったし、明星派の詩趣に満足できない青年たちに自然主義があったのである。自然主義の波を迎えて、アララギの「写生」も変容していく。空想が否定され、迢空のいう「現実主義」に即いていくようになる。

迢空には本来、虚構を構えてつくる戯曲的な方向への強い関心があり、〈車きぬ。すぐる日我により来にし。今あぢきなくわがゝどをゆく〉(『海やまのあひだ』)というような、王朝風あるいは新詩社風の空想の歌は、ごく初期にはずいぶんあった。こういうかたちの空想の歌を、大正二年の私歌集『ひとりして』にいたるまでのあいだに、少しずつ脱ぎ捨てて現実感あるものへと変えてきたのである。

やがてアララギに入って、「唯根岸派の伝統通り、写実態度を守つて、現実に迫つて行けば、その現実は、自分の生きた眼で見た現実の姿を示して来ると信じて」(『自歌自註』)[*8]励む一時期を持ち、いかにも空想めいた空想の歌は、自ら抑制していった。

大正六年の「紅丸」の歌も、実際に「紅丸」に出会ったと読んでよい歌であり、一連の流れから言ってもそう読める歌である。しかし、『自歌自註』では、「自分の乗つてゐる船を、脇から見たやうに作つた」と述べた。単純な記憶の混乱かもしれないが、少なくとも晩年の迢空にとっては、作者の視点を絶対視しない作歌法はごくあたりまえであったことを示す。

じつは、この「山および海」と同じ素材の大正八年作「日向の国」一連によって、迢空は、一首に作者の視点を定めて、生活主体としての「自己」を刻みこむ赤彦的な方法から、「自己」離れの気息すなわち現実と空想との距離のとり方を会得していったのである。

先に、「日向の国」八首には、果てない歩みを続ける〈われ〉の姿が明確に浮かび上がってきていると述べた。

山原の茅原《ちふ》にしをるゝ昼顔の花。見過しがたく我行きつかる
青空になびかふ雲のはろ〴〵しひとりあゆめる道につまづく

「日向の国」

夏の暑さのなかで茅萱の原に昼顔の花がしおれているのを、見過ごして行くことができないほどに、自分は疲れ切っている。夏の青空は雲を浮かべてはろはろとどこまでも続いている。ときおり風に草ずれの音がし、虫の鳴く音のするほかは行き合う人とてもない、その草原なかの一筋道を歩んでいくとき、ふとつまづいたりもする。

この「我行きつかる」の〈われ〉や「ひとり歩める道につまづく」の〈われ〉からは、吐息をつきたくなるようなやるせない情が発せられている。これを、近代読者の目——生活主体としての「自己」を歌に読み取る癖のついた——は、そのときの沼空の感情と見るかもしれないが、これは「自己」の感情ではない。

沼空は、ここに「自己」を離れて新しい主体を統合している。〈家にてもたゆたふ命波のうへに旅にしあれば奥処知らずも〉といったような、万葉の歌にしばしば現れる果てない旅の歩みを続ける主体の嘆き、あるいは旅から旅を続ける漂泊民の嘆き、そういう主体を、自らのうえに重ね合わせて、新しい歌の主体を統合しているのである。

大正六年十二月号のエッセイ「街道の砂」にも旅芸人の一座と行き合わせたことが記されているが、当時、行路死者を見ることは時にあったし、ハンセン病者も遍路も行商人も、旅を続けることによって生きている人々は身近にいた。彼らの存在は、万葉の歌にある旅の歌を充分思い出させただろう。

大正六年の迢空には、東京から来た若き学徒であり歌人でもある一人の感情生活主体が、彼らに触れて何らかの感慨を漏らすというふうにしかうたえなかった。しかし、「日向の国」八首では、そこから迢空は離陸している。

それは、なり代わってうたうというやり方とも違う。万葉の歌にしばしば現れてくる数限りない人々のしてきた旅の思いと、今でも見かける旅から旅を続ける人々に触れて呼び起こされる思いと、自らのする旅の体験と、それらを一つの〈われ〉に圧縮したもの、すなわち空想の翼の浮力が統合した主体なのであった。

「蛤羅の山」一連についての自註のなかには、次のように述べた部分がある。

旅の歌といふものは……（略）……何だか我々の生活全体に、常とは少し違つたりずむのやうなものが、心に作用してゐると見なければならない。それを常の調子に戻してゆくのがよいか。旅をしない人は勿論さう思ふだらうけれど、半生に近く旅をつゞけたやうな気のしてゐる私は、私の歌だけは、どうしても、ある特殊な考へ方をせねばならぬと思つてゐる。

（全集第廿六巻　一三八～一三九頁）

先にあげた「窓のしたに街道ひろく見えわたりさ夜の旋風《つむじ》に砂けぶり立つ」の歌にも、「これだつて別に珍しい歌でもないが、かういふ処に泊つた昔の旅人の、さびしいその日の生活を、こんな形で残しておいたといふだけの意味はあらう」[*9]と述べている。

窓の下の街道を見ている〈われ〉は、東京から来た若き学徒であり歌人であるというだけでなく、同じように旅館の窓から首を差し出して、自分の歩いてきた道筋を、またさらにこれから歩いて行かなければならない果てしない道筋を見たときの、数限りない「昔の旅人」の体験を、歌に抽出しているのである。

ここに迢空が取り出している〈われ〉という主体は、〈体験の束〉なのだ。そこに動いている情感は、現実から取り出された一人の生活主体の「感情」なのではなく、迢空という個人の内部で、万葉の歌を読むという体験と、今なお旅を続けて生活する人々に触れて起きる思いと、自らの旅の体験と、それらが圧縮され織り合わされ統合された、ひとまとまりの〈体験の束〉から生み出される詠嘆なのであった。

それをなさしめたものは迢空の空想力だが、ここにいう空想の力とは、ドラマ仕立てをする再現的な空想力を指すのではない。異なる多様な要素を結合し統合して、一つの認識を産出するような作用そのものを指す。現実には経験しなかった、あるいは経験しないような事実でない場面のイメージを歌に描くというような空想ではなく、個人内部の多様な体験を一つの束として圧縮し統合する、そのような空想作用を指すのである。

山下に屋庭まひろきひと構へ道はおりたりその夕庭に　　「日向の国その二」

大正八年二月号の歌。〈体験の束〉としての旅する主体を統合することのできた迢空には、このような距離感をもった把握が可能になった。大正六年の「人吉の町」の歌にあったような感覚的印象による描写が、ここにはすでにない。かわりに、構造の把握がある。

山道から下っていくと、屋庭の広いひと構えの家が見える。ずっと道なりに下っていけば、夕方のかげりを帯びた庭のすぐ前に出る――。母屋と納屋が抱え込んでいる、ひらぺたい土の庭が見えるような思いがするが、これは観察のまなざしの働いた把握があるからである。それはまた、旅芸人や行商人や、旅を重ねる人々が、はじめての村へ下りていくときの意識のあり方でもあるのだ。

大正期に入ったアララギという磁場のなかにあって、「写生」の手法を獲得しつつ、そこにおさまりきれない歌の動機をもてあましていた迢空も、こうして苦しみつつ、ついに〈体験の束〉としての旅する主体を統合する方向を開いた。このことによって初めて、迢空が本来持っていた、ものの構造や関係に対する敏感さが歌に生きてきた。

生活主体としての「自己」は、職業が違い、性が違い、年齢が違い、境遇が違えば、その数だけの感情生活がうたい出される。だが、迢空の関心は、そのような一人の感情をうたい出すというところには基本的になかった。

迢空は、左千夫の小説を論じて、「唯一つ、言ひ落してならぬのは彼が、どんな時にも、社会の力を考へ落して居なかつたことである。社会が、誘導者であり、解決者であると考へられ、人々の行為・意力は、殆ど盲動と、何の違ひもない扱ひを、受けてゐることである。彼は、田舎の中産階級と、都会の下層民とに、深い理解を持つてゐた」（「左千夫の小説」、「アララギ」大正八年七月号）と述べたが、これはまた迢空自身の関心のもち方を告白しているのでもある。

体験の束としての〈旅する主体〉は、社会の客観的な観察者というのではなく、共感の回路をもつ異人としてのまなざし、すなわち社会の一部として存在しながらもその構造・関係を見通すことのできる位置を確保する。先に掲げた〈谷々に、家居ちりぼひ　ひそけさよ。山の木の間に息づく。われは〉という歌にあったのも、それである。木の間に息づきながら谷々に散らばる家居の地理的構造を一望のもとに把握しつつ見下ろしているのは、異人としてのまなざしなのである。このような〈体験の束〉の取り出しの兆しは、じつは私歌集『ひとりして』の「うみやまのあひだ」一連の時期にすでに現れていたといってもいいだろう。

たびごゝろもろくなり来ぬ。志摩のはて　安乗《アノリ》の崎に、燈《ヒ》の明り見ゆ　『海やまのあひだ』
わたつみの豊はた雲と　あはれなる浮き寝の昼の夢と　たゆたふ

万葉の歌を読むといった体験と自らの旅の体験とが、ここでは「相当真実性を持つ」（『自歌自註』[*10]）て、つまりリアリティを持って、統合されている。万葉の歌が透けて見えるけれども、たんなるパロディや重ね合わせではなく、そこには深い動機がひそんでいた。

三、不可能な恋をエネルギーとして

大正八（一九一九）年は、前にも述べたように、迢空から逃れていこうとする伊勢清志を翻意させ、学問の道に戻そうと焦慮し、心痛した年であった。一月号「隠忍」、五月号「蒜の葉」、六月号「福岡」、九月号「福岡ふたゝび」、十月号「福岡その三」、十二月号「寄物陳思」、これらはその時々の歌で、『海やまのあひだ』には「蒜の葉」一連としてまとめられた。

また、一月号発表の「日向の国」、二月号「日向の国その二」、四月号「日向大隅」は、『海やまのあひだ』では「姶羅の山」一連としてたばねられ、「蒜の葉」のあとに置く。

一月号「日向の国」、二月号「日向の国その二」の素材は、大正六年夏の九州旅行のメモや記憶から作られているだろうと前述した。では、四月号「日向大隅」はどうだろうか。

もの言ひてさびしさ残れり大野らに行きあひし人遥けくなりたり
つばらに小波光る赤江灘この峰《を》のうへゆ見窮《みきは》めがたし
児湯の山棚田の奥に妹と夫《せ》と飯はむ家を我は見にけり
海風の吹き頻《し》く丘の砂の窪散りたまる葉はすべて青き葉

朝日照る川の真上のひと在所台地の麦原刈《ふ》りいそぐ見ゆ
木のもとの仰ぎに疎《あら》き枝のうれ朝間の空は色かはり易し
言たえて久しくなりぬ洽羅《あひら》の山喘《あ》へつゝ越ゆと知らずやあらむ
遂げがたく心は思へど夏山のいきれの道に歎息《なげき》しまさる

六首目までは、一月号二月号の「日向の国」につづく一連のように読めるが、最後の七首目、八首目はどうだろう。

——言葉が絶えて久しくなった。手紙もよこさなくなった。どうしているかと居ても立ってもいられなくて旅立ってきた、おまえに会うためにこうして始羅の山をわたしが喘ぎながら越えているとは知らないだろう。この契りは遂げがたい、成就しない、そう心のうちには思っているけれど、あきらめきれなくて、夏山の草いきれのする道をあるきつつ嘆きで胸がいっぱいになる——。

二首の歌の意はこのようなもので、あたかも伊勢清志を訪ねて始羅の山を越え、鹿児島にむかっているかのような場面である。大正八年、沼空が会津へ行き、とって返して鹿児島に行ったのは三月だった。この歌は四月号掲載、ぎりぎり三月に制作して送ったとも考えられるが、「日向大隅」一連は麦刈の歌も入っていて初夏の歌である。八首目も「夏山のいきれ」である。

憶測をするならば、大正七年年末から伊勢清志との手紙の往復があり、遠い鹿児島にいる愛弟子伊勢清志を案じてやまない心が、大正六年夏の九州旅行を思い起こさせた。そのとき鹿児島で再会した伊勢清志の面影をせつなく思い浮かべつつ、日向大隅を歩いたときの記録や歌のメモをもとに歌を完成させていった。そうしているうちに、七首目八首目でふっと伊勢清志を訪ねて行こうとしている八年現在の気持ちが入った、つまりそういう自分を空想した。虚構である。虚構は、抽象化をともなう。歌心をかきたてた直接の動因としては伊勢清志のことがあったかもしれないが、そんな背景をもつ「蒜の葉」一連とはちがって、「日向大隅」の七首目八首目には、ひたすらに係恋の情を抱きつつ果てない旅をする主体というものが成就している。そのことを迢空自身、わかっていた。

「姶羅の山」三十九首のうち、冒頭五首は次のように配列されている。

もの言ひて　さびしさ残れり。大野らに、行きあひし人　遙《ハル》けくなりたり
はろ〳〵に　埃をあぐる昼の道。ひとり目つぶる。草むらに向きて
夏やまの朝のいきれに、たどぐし。人の命を《ヲ》愛しまずあらめや
遂げがたく　心は思《モ》へど、夏やまのいきれの道に、歎息《ナゲキ》しまさる
言《コト》たへて　久しくなりぬ。姶羅《アヒラ》の山　喘《ア》へつゝ越ゆと　知らずやあらむ

「姶羅の山」、歌集『海やまのあひだ』

三十九首のおおよそは叙景歌や旅の属目詠といったようなものだったが、そこからわずかに

〝情〟のはみ出る「もの言ひて　さびしさ残れり。」の歌を冒頭におく。そのあとの配列を見れば、少なくとも歌集編纂の頃にはこの一連によって「体験の束としての〈旅する主体〉」を創出したという自覚のあったことがうかがえるだろう。

〈遂げがたく　心は思《モ》へど、夏山のいきれの道に、歎息《ナゲキ》しまさる〉については、『自歌自註』に次のようにいう。

私どもが覚えて來た、何千・何万の恋歌は、大抵恋以前に、悲しみ・苦しみを予想しておくと言つたものが多かつた。だから「遂げがたく心は思へど」といふやうな、わりあひに圧迫的な言ひ方をしてゐる。だが心持ちは、まう少し広く深く蔓延してゐるものと見た方がよい。こんなに苦しんでゐても、到底駄目だと訣つてゐながら、独りしてゐる旅路の思ひは、又そこにおちて行く。いきれのたつてゐる夏山の晝の道で、立ち止つては、又立ち止つては、歎息づく。それが段々頻繁に起つて來るのに気がついた。これなどは完全に、恋歌の領域に這入つてゐる。
（全集第廿六巻　一三〇・一三一頁）

「心持ちは、まう少し広く深く蔓延してゐるものと見た方がよい」というところ、この係恋の情をもう少し普遍化して考えてほしいというのである。伊勢清志といった個人との関わりを超えて、現実にはかなわない恋、そのただ一つの思いを心に秘めたまま、遠く旅をし続けているもののせつない吐息、そんな係恋の情が〈旅する主体〉創出にエネルギーとして働き、それを実現させたのであった。

果てない旅を続ける嘆きをうたった万葉の歌を読むという体験、あるいは迢空が子供のころから好んだという歌舞伎の道行きの場面を見た体験、また民俗学者としての旅の途上で旅芸人や行商人や忌み嫌われる病人たちに出会った体験、それらのさまざまな〈体験の束〉を、この不可能な恋を抱き続けているところから湧き上がる抒情のエネルギーが、いっきょに融合し統合してゆくのである。

ひそかなる心をもりて　をはりけむ。命のきはに、言ふこともなく

『日光』創刊号に発表した、有名な〈人も　馬も　道ゆきつかれ死にゝけり。旅寝かさなるほどの　かそけさ〉を含む「供養塔」五首のうちの一首である。詞書に「中には、業病の姿を家から隠して、死ぬるまでの旅に出た人のなどもある」とある。業病にかかったがゆえに恋を打ち明けられもせず、ただひとりの胸にしまったまま、旅から旅を続けて、行き倒れるひともあっただろうか、その命の際にさえもらすこともなく――というように、歌は解釈できよう。

「始羅の山」一連とは違って、こちらでは能の「諸国一見の僧」のような立場で、そのような「心」に時を隔てて共鳴している。

このように迢空の歌の〈旅する主体〉は、かなわぬ恋の思いをただ一人秘めたまま流浪を続けるといった空想（すなわち虚構）をエネルギーとして、アララギに学んだ叙景歌や旅の属目詠の範疇を突き破り、現出したのであった。

註

＊1　全集第廿六巻七一頁

＊2　歌からそのように判断できるが、鈴木金太郎インタビュー「釋迢空折口信夫との二十一年」（『短歌』一九七三・一一「迢空・折口信夫特集」）によると、大正六年夏、浜松、尾道、久留米から鹿児島に出て、「大隅・日向を歩いて宮崎県の北の方から帰ってこられたんです。これが民間伝承採訪旅行の第一回でもあり、また大正八年発表の「姶羅の山」の連作の出来た旅行でした」とある。

＊3　全集第廿六巻一〇二・一〇三頁

＊4　全集第廿六巻一〇二頁　以下二箇所の引用も同じ。

＊5　全集第廿六巻一〇三頁

＊6　引用は、以下順に、全集第廿六巻一〇〇・一〇〇・一〇一頁

＊7　鈴木金太郎のいう旅程ならば、この推測はあたっていることになろう。

＊8　全集第廿六巻六六頁

＊9　全集第廿六巻一三九頁

＊10　全集第廿六巻三四頁

第六章　アララギを退くまで

一、赤彦の万葉観と迢空の学問

前述したように、迢空の加わった頃の「アララギ」は、子規以来の流れは汲みつつも、茂吉・赤彦・千樫・憲吉・文明その他、それぞれに自らの文体をもとめながら歌の探究をつづけていた。お互いに良きライバルとして対等な立場で意見を述べ合うといった、いわば同人誌的な自由の気が根底にながれていた。そのような雰囲気のなかで、迢空は自らの考えと資質にかなった歌を模索しつづけていた。

しかし、大正七（一九一八）年から八年にかけて、アララギの新しい「写生」概念の姿が明らかになるにつれて、従来からの迢空の歌論は赤彦にノイズとして感じられはじめた。また迢空の学問が成熟するにつれて、アララギの万葉観とのズレもしだいに亀裂をひらいてきた。さらに赤彦は、感情的にも胸内で憤激していた。赤彦がどれほど「臆病」という語を忌み嫌っていたか、それは文中で「臆病」の語の使用を避けて「卑怯」と言い換えたことによってもわかる。

それでも万葉学者としての迢空は、なお尊重すべき存在だった。「釋君に「卑怯」の二字を返却する」と書いた、その同じ大正八年九月号編輯所便に機微がうかがわれる。赤彦は迢空の消息を伝えるついでに、連載の予告をした。

▲釋迢空氏七月中福岡に行かれ候。来月号より「万葉人の生活」の稿を続け申すべく、万葉研究者に対する光明たるを疑はず。喜んで予告する所に候。

「「万葉人の生活」の稿を続け申すべく」というが、しかし「万葉人の生活」という題の文章を、迢空はこれまでに書いたことはない。「万葉びと」「万葉人」という語は折口名彙の一つ[*1]であり、「万葉人の生活」を語としては大正四、五年ごろからつかいなれていたようだが、そういう題のまとまった文章はなかった。[*2] 近い時期の使用例では、「アララギ」大正八年一月号「万葉集辞典のさきに」(『万葉集辞典』序文)文中に、一箇所のみ現れている。その文脈を概述しておこう。

「万葉集辞典を作ることは、とりも直さず、奈良朝の百科辞書をこしらへる訳である」が「わが国の書史」は奈良朝以前にはさかのぼらない。「其でも、正倉院など言ふ奇蹟の様な実在が、目に見える物の幾分は、解決の鍵を用意してゐてくれるが、心の内の世界になつては、何に縋つて、探りよることが出来よう」。そこに「語部の物語を心《しん》にした、記・紀・風土記並びに、万葉集が残ってゐて、断片ながらも、此期の人々の生活内容を書き止めて」くれてある、この四部の書物は閑却できない、従って万葉を以て万葉を証明することも避けるわけにはいかない、「物心両面から万葉人の生活を見ると言ふことは、可なり根気のよい文明史家の一生の為事にも、余つてかへるだけの分量がある」（傍線筆者、以下も同じ）。

ところで、赤彦筆と思われる二月号広告文中には、「万葉集を知らんと欲する者は万葉歌作者の生活意識を了解し精神状態を解剖して、其歌心発作の機微を探究せざるべからず」、従来の歌学者はこれを忘れて単に辞句の解釈にのみ没頭している、とあった。沼空の『万葉集辞典』はこれまでのような辞典ではない、「其名の新しきが如く全然創出独歩の万葉新註」であり、辞典という名ではあっても「万葉時代史たり万葉哲学とも称すべき斬新稀世の珍書」、すなわちまったく違う接近法（アプローチ）をもつ、と讃えたのである。

赤彦がこれほど興奮気味に瞠目したのは、沼空の、万葉人の「心の内の世界」と「生活内容」をその歌をもって探るという大胆なアプローチが、一冊の成果として現れたところにあるだろう。その「万葉人の生活」についてもっと開陳して欲しいというのが、赤彦の「万葉人の生活」の稿を続け申すべく」という、このたびの促しの言葉であった。

しかし、毎号のように「アララギ」に精力的に文章を執筆してきた沼空だったが、十月号に同人寄合語「短歌の範囲」をあっさりと書き上げたのちは、十一月号、十二月号と、筆を止めた。赤彦の慫慂があったか、ようやく年末の「アララギ新年号予告」目次に釋沼空「万葉人の生活」

があらわれた。

大正九年一月、迢空は「万葉人の生活」の連載を始めた。まずは「書き出し　万葉集の成立」という項目を立てて「大伴家」を中心に考証する。学者らしいこまごまとした六頁の記述である。

ところが、その「万葉人の生活」に続けて、赤彦は自身の「万葉集の系統」と題する講演記録を掲載した。これは、前年十月、慶応義塾図書館において、与謝野鉄幹とともに講演したものの速記録である。「「三田評論」に出づべかりしを本誌に掲ぐることにしたるは、小生の講演が各人によりてアララギ同人に様々に伝はしや《ママ》に思はるる節あり、且一般に発表するはアララギに於てするが最も恰適ならんと思ひしためなり」と、末尾に付記がある。

講演内容の概略は、三味線小唄の隆達節は花柳社会に流行堕落した弄斎節へと変化したが、それが万葉集と古今集の関係に似ているとし、万葉集は「民族的の歌」、古今集は貴族の歌であるとする。一方、三味線小唄とは別の諸国民謡の流れがあって、それが万葉集の精神を引き、明治に

謹賀新年

仙臺市北三番町三六　石原純
長崎市東中町五四　齋藤茂吉
東京赤坂區青山南町六ノ一〇八　古泉幾太郎
備後國双三郡布野村　中村憲吉
東京市外西大久保三〇七　折口信夫
信濃國上諏訪町田宿　土屋文明

喪中年始缺禮仕候

東京麹町區元園町二ノ六　岡三郎
東京麹町區下六番町二七　久保田俊彦

古泉幾太郎は古泉千樫、岡三郎は岡麓、久保田俊彦は島木赤彦（大正九年一月号広告より）

なって万葉集の系統をひいたのがわれわれの歌の祖正岡子規である、といったもので、のちに『歌道小見』にも収められたが、つぎのような一節はよく知られている。

そこで万葉集は如何なるものであるかと申しますと、第一の特長は万葉集は民族的の歌でありまます。日本民族全体が膝を交へてお互に共通した感情を赤裸々に歌つて居ります。上は天皇から下は潮汲む海女、乞食までが開放された心で歌つて居ります。天皇が菜を摘む少女に恋歌を送つていらせられる。又身分の低い少女が身分の高い人に赤裸々な恋歌を送つてゐる。この様に総ての階級のものが、此時代の現実の問題に正面から向き合つて、同じ緊張した心を以つて歌つてゐるといふのが第一の特長であります。

品田悦一著『万葉集の発明』によれば、このような「古代の国民の真実の声があらゆる階層にわたって汲み上げられている」「貴族の歌々と民衆の歌々が同一の民族的文化基盤に根ざしている」といった万葉観は、明治期に構築されたものだという。これが、大正・昭和初期を通じて民間人の手で普及されたが、ことに島木赤彦は「国民歌集『万葉集』の大衆化と内面化に大きく貢献した人物だ」[*3]と、品田も右の一節をかかげながらいう。

沼空は、この赤彦のおそらく一般受けしたであろう講演記録に、何かしら警戒するものがあったようだ。以後、赤彦のしばしばの慫慂にもかかわらず「万葉人の生活」を二度と「アララギ」

には書かなかった。

一つには、赤彦は信州人の郷土性情ともいうべき「人を凌ぐ」処世癖が強かったというが、いま「万葉人の生活」というテーマをめぐって、赤彦の挑みかかる心の対象になっていると感じ、用心したのかもしれない。

またもう一つ、歌の歴史における「万葉集の系統」というテーマについては、これまでにも沼空がおりに触れて書き継いできたものであった。万葉歌のうちにその時代を生きた人々の心の生活をうかがおうとする接近法も、早くから沼空のうちに兆していたものである。しかし、先の「万葉集辞典のさきに」文中にも、「従うて、万葉を以て、万葉を證明することも、勢、避ける訳にはいかぬ」と断り書きをしたように、それが学問の方法としては限界を辿るようなものであることを、つねに意識し、わきまえてもいた。

そのわきまえを顧慮しない赤彦の万葉観は、だからこそ俗耳に入りやすく、圧倒的な「大衆化」の力をもった。赤彦は、四月号に「万葉集一面観」を書いて、さらに大胆にその万葉観を展開してゆく。


貴族的和歌民衆的和歌といふやうな分れ方をしたのは古今集以後であつて、万葉集時代の和歌は之を一括して民族的和歌と言ふ方が当つてゐる。

このように書き始めて、東歌の「稲つけば皹《かが》るわが手を今宵もか殿の若子《わくご》がとりて歎かむ」などの歌と、磐姫「かくばかり恋ひつつあらずは高山の岩根し枕《ま》きて死なましものを」などの歌を引用し、「即ち皇后皇女女王であり、田舎娘田舎女房であるといふ差別を通り越して、等しく日本民族女性心理の集中であるといふ点に於て一致してゐるのである」「即ち万葉集は上古日本民族全体の全人格的生産物であつて、その間に貴賤貧富男女老若の差別がないのである」と説く。「上古日本民族」には貧富があり、男女の別があり、身分の上下はあっても、すべてが心をひとつにした全人格的な「朋友の関係」であり差別はなかった——これは大正時代を生きる赤彦の理想社会像でもあったのだろう。赤彦は、当時高揚しつつあったデモクラシー思想とそれとを比較する。

近頃日本にはデモクラシーの思想が行はれて、夫れが産業上には労働者の自覚運動となり、政治上には普通選挙運動となつて現れてゐる。彼等の為す所を見るに、列をつくり旗を立て叫喚したり怠業したりする。

要するに彼らの自覚は「多く物質観的であって人格的でない」。彼らは「資本家に対して人格的対等の自覚を呼び覚すでなくて、只賃金を値上げすることを要求する」。あるいは普通選挙を要求するが、それは結局、民衆の貴族化要求であり、貴族や享楽的政治階級の仲間入りを要求するものである。つまり貴族を嫉んで成り上がりたがっているのが、デモクラシーの思想の本質だというのである。しかし「万葉集にあつては貴族が却つて民衆的である」。

西欧輸入思想のデモクラシーも、日本古代に似たもの（さらにすぐれたもの）があったというこの赤彦の言い方は、たとえば「ますらを」の語義の変遷をたどったように、迢空の内部につねにうごいていた動機でもあった。[*4] 赤彦は交流のなかでそれに敏感に気づき、自論のために応用摂取した。「表面は自説を固守して居ても、相手方の正しくて、広い未来を背景とした論旨を、酙み誤まらないだけの聡明を持つて居た」[*5] とのちに迢空は述べたが、これは、ことに赤彦との関係が深かった大正四年五年六年あたり、交流のなかで実際に感じたことであっただろう。

大正九年以降、赤彦は大胆にその万葉観を述べはじめ、「国民歌集『万葉集』の大衆化と内面化に大きく貢献」（品田悦一）することになる。

万葉学者澤瀉久孝が、友人の教授からドイツの万葉学者に何を土産にもっていったらいいかと尋ねられたとき赤彦の「万葉集の鑑賞及び其批評」をすすめた、「単なる学者の註釈よりも、からした現代の日本の代表作家の万葉観を知つて貰ひたい」[*6] と思ったからだと島木赤彦追悼号に述べているところがある。大正・昭和期、赤彦の万葉観はこれほどに浸透し、権威をもったのであった。

ところで、赤彦没後まもないと思われる時期に、迢空が書きかけて中断した「半生の目撃者」という草稿があった。明治末期、赤彦の歌に傾倒して以来の、半生の関わりを書きしるそうとしたものである。書き起こしは小説をつくるつもりだったのだろう。文脈がたどりにくく要約できないので、長くなるが、小説の部分の冒頭二段落をそのままつぎに引用する。創作でなければ表わせないひそかなところを吐露していると思われるからである。

万葉びとの感激と魂気とに生きる道と、因明や、ろぢつくが思考の型を作るに先だつて、早く民族性を規定してゐた古代論理の再現した近代生活を、常に虚空に想ひ見た夢の堂塔の建築史《ママ》の俤が、彼の製図板の上を過ぎる事があつたであらう。師と性情の反した此実技家は鉄筋こんくりいとの次に時代を作る構造材料を推測する事はあらう。だが、社会を建築しようとする、自らの志の外貌の大きさに溺れた、師匠を思ふ毎に、律儀な心を曇らしてくれる事があつたかも知れない。彼の前に過ぎ去つた建築師の、虚しかつた半生の仔細の唯一の目撃者は、富む人の為に身と機械とを置く家を与へる第一義の建築師であつた。

彼の師が、彼には決して本義以上に出て世の中を建築せしめようとはしなかつた。其を彼は感謝しながら、稀まれの回想に、眦を潤すことが年を老いて屢あるであらう。彼の筆を採る事を欣ばなかつた。さうして其結果は、独のみ知つて世に伝へないで了ふ誇大妄想痴者に絡んだ人生記録――ある種の科学者の参考にはなることもあらう――に、しほらしく、つゝましかつた心や、神を恋ひ、人を懐かしがつた思ひの深かつたことは書いて置かうものをと考へる様な事になつたかも知れなかつた。

(傍線・傍点は原文、全集第廿八巻三五・三六頁)

わたしなりに大意をとってみよう。「彼」の師匠である「建築師」は、民族としての古代論理を再現した近代生活をつねに虚空に夢の堂塔として思い描き、社会を建築しようとするその大志に自ら溺れるようなところがあった。「建築師」とは性情の反する実技家である「彼」も、「建築師」の影響によってときに心を曇らせることがあったかもしれない。「建築師」の半生の仔細の唯一の目撃者である「彼」だが、その「彼」が筆を採る事を「師」はよろこばなかった。それゆえに、「誇大妄想痴者」ともいうべきその人生記録のうちに、「彼」だけが知る「しほらしく、つゝましいかつた心や、神を恋ひ、人を懐かしがつた思ひの深かつたこと」は世に伝わらないでしまうかもしれない。それを書いておこうかとも思う——。

どうしても文脈のたどれないところもあるし、読み誤りもあるかもしれないが、「古代論理を再現した近代生活」の夢の堂塔を虚空に思い浮かべる「師」を「誇大妄想痴者」と断じ、「師」と性情において反している「彼」を「因明」や「ろじつく」を重んじる実技家として対置していることは明かだろう。

まず、製図板をもつ実技家「彼」のモデルは、同居していた教え子鈴木金太郎（実際に建築家であった）、「師」のモデルは迢空本人であろうことはすぐに察せられる。しかし、この後の記述はすべて生前の赤彦との関わりを中心に述べたエッセイであることを思えば、社会を建築しようという大志をもって虚空に堂塔を夢見る「建築師」は赤彦をさし、実技家の「彼」は学者でもある迢空折口信夫をさす、ともいえよう。

赤彦の万葉観は、虚空に堂塔を夢見る「誇大妄想痴者」というしかない。しかし、ひるがえって鈴木金太郎のような「実技家」から見れば、自分もまた夢の堂塔を虚空に思い描く「誇大妄想痴者」ともいうべき傾きがありはしなかったか。「因明」や「ろじつく」を重んずる学問の徒であるべき自分の「製図版」にも影がさしていはしなかったか。そんな複雑な反省が、赤彦の万葉観を見て兆したのではないだろうか。

迢空は、この赤彦の講演記録「万葉集の系統」および「万葉集一面観」を見た直後、かつて大正五年十一月号「アララギ」に掲載した「異郷意識の進展」を全面的に書き改め、「國學院雑誌」五月号に「妣の国へ・常世へ」として掲載した。[*7] これは、研究上の進展があったこともあるかもしれないが、赤彦の万葉観を見て「異郷意識の進展」の叙述の仕方に反省が生じたためではないか。

この推測を傍証してくれるものに、昭和十一年、まだ大学生だった加藤守雄によって筆記された講演録「万葉集および万葉集系統の短歌」（「短歌」昭和四十八年十一月臨時増刊号）がある。冒頭まず迢空は、「世間一般の万葉に対する考えは、あるまがり、つまりひずみを持っているのではないかと思う」「歌よみにひきずられている」と述べる。アララギとも赤彦とも固有名詞は出さないが、「万葉を立ち場として守っている歌風の団体の先輩の言ったことにあまりにも支配され過ぎている。その中には、片端《カタハシ》でも私の考えがはいっている」。つまり、そこには自分の責任もあった。先輩は「万葉は民謡だ」と言う、「しかし、私が、万葉を民謡の系統、古今を文学と見たのは、其等の人々の考えとは違っている。それが曲って大通りに出ている。なまはんかな若い時分に、先輩に注意した。それが先輩に容れられ、その為にまがりが出て来た。これは学者としてはいけないことだ」。*8

赤彦の万葉観は迢空の学問と無関係ではなく、むしろ赤彦は交流のなかで多くをそこから摂取した。それゆえに迢空は赤彦の万葉観のもっとも深刻な批判者であったが、第一次世界大戦後の時代の勢いは赤彦の万葉観をぐんぐん押し上げたのである。

二、連作論・歌と小説

赤彦の「善光寺」一連なかんずく「木の位牌」の歌に対する同人間の評価の違いは、その後のアララギに二つの課題を提起した。写生論、そして連作論である。写生論については第四章で述べた。ここでは、連作に対する問題意識について、歌に即しながら見ていこう。

まず「伊藤左千夫七回忌特集」（大正八年七月号）に、斎藤茂吉は赤彦のすすめによって、「短歌連作論の由来」（明治四十五年八月号）を再掲した。「短歌連作」の概念を定めたのは伊藤左千夫であり「根岸短歌会同人は連作の名に親しみ、製作の実行に努力した」、歌壇はPrioritätを重んじてほしい、という内容のものである。

再掲にあたって以下のような付記がある。「アララギの歌風のひろまると共に、『連作』の語もひろまり行いて、今では極めて通俗なものになつてゐる」、しかし、自分はその当時も左千夫に対して「現在の予は短歌の尽くが是非連作でなければならぬといふ如き論は勿論信じないし又実行もしない」と言った、と。短歌連作論は子規に学んだ左千夫に発し、いわばアララギの伝統ともいうべきものだが、それが短歌のすべてではない、といわば連作論に歯止めをかけた。

一方、大正九（一九二〇）年一月号からは、石原純の連載評論「短歌連作私論」が始まった。短歌連作を論理的に究明していこうとするもので、十二月号にはあらためて「善光寺」一連をとりあげ、「木の位牌」の歌を「「善光寺」の全篇と共に得難い作として推称せずにはゐられない」と、変わらない感銘を述べた。そして、次のように結論する。

「善光寺」の連作はその外形に於て極めて客観的な描写をもつてゐながら、これが全体として吾々に語る感情は、かなりに深いものであることを知らねばならない。

しかし、沼空はまさに、その客観的描写をもって抒情にかえるところをこそ問題視したのである。純と沼空との評価の違いは、同年二月号「アララギ新年号の歌合評」の、三ヶ島葭子「なやみ」と高田浪吉「米吉」の評においても現れた。

訴ふべきなやみにあらず声立てて泣けば寂しも人あらぬ部屋に
ちちうへの後ろに寝《ぬ》るをゆるされしこの一夜こそ安く眠らめ
後合せに寝《ゐ》ねたりければちちうへの博多の帯にわが足触れつ
老ちちの後ろに寝ねてなやみなくめざめし今朝は早起したり
朝の光ややにたけゆく青空に冬木の梢ますぐに揃ふ
昨日《きぞ》の怒そのまま持ちて帰るべき夫を思ひつつ火鉢に炭つぐ
物干の日向《ひなた》に靴を磨きゐる向ひの妻はもの思はざらむ

このような歌をふくむ「なやみ」十七首を、石原純は「此の一篇が私の期待してゐる連作形式をさながらに殆ど理想的に具へてゐる」「人間生活に即した此の複雑な事象を韻文に於て歌ふことが出来たといふことは、私達の主張しようとする短歌連作の大なる誇である」と、歌から歌へ移っていく効果を解説しながら大いに讃えた。読みすすむにつれて小説的に場面が展開し、そこにまとまった情感や内容が浮かびあがってくるようなものを、純は「連作」の優れたものとして推奨したのである。

それを受けて沼空は、「心持ちは皆同感出来る」が、「悲痛事を神経の末梢から刎ね返すことに努め、心にとり入れて居ない処が、よくない」「葭子氏独り苦しんで他の心に沁み込むもの却つて少いのも其為めである」とし、「小説と歌との違ひもここにある」と評する。

他の土田耕平ら四名はおおむね評価するが連作にはとくに言及しない。最後に赤彦が、一連を通じて「痛切な感じが充ちて」いるが、「之れで事件が目立たなかつたら非常の作であると思ふ」と締めくくった。また、「後合せに」の歌を掲げて「痛切な感じが充ちてゐると共に、事柄が際立ちすぎるといふ感が伴ふ」とも評した。（傍線筆者、以下同）

高田浪吉の「米吉一」「米吉二」「米吉三」二十四首は、臨終のせまった米吉を施療院に入院させ、その死を見送るという一連だったが、純はこれを連作としては三ヶ島葭子のものほど全体が渾然としていないと評する。ドラマチックな背景をもつはずなのに、浪吉の一連には、歌から歌へと場面を展開させる構成意識に乏しいというのである。

しかし、赤彦はこちらの方を「三ヶ島氏に比べると事件が見立たない。夫れ丈け深い感銘が読者に先づ沁み入るのである」と評した。赤彦は、石原純ほど連作にのめりこまず、「事件」「事柄」がおもてだってはならないと抑制をかけた。

辿空の評価は、たとえば左の二首目のような歌は「正しく受け入れることが出来る」が、一首目のような歌は「小説の領分である。表現法が小説的と言ふことになる」というものである。

米吉の心おもへばとても言へぬ思ひとゞまり話をそらす
ひとりひとりくるべき人のいまは来ず米吉の身のやうやう衰ふ

さらに次のような「米吉三」の歌になると「小説として印象が強くなつて、皆賛成が出来なくなつて居る」と評した。

耳もとに米吉の名を呼びにつゝ背ゆすぶれど瞳ひらかず
息絶えし友の死体《むくろ》よいち早く担架にのせて室より出さるゝ

沼空の指摘する小説の領分と歌との違いとは、連作の問題というより、一首における歌の「表現法」の問題であった。歌という韻文と、客観的に事柄の輪郭を述べるような散文的な叙述とは、本来、画然と異なるはずではないかというのである。つまり、歌一首の「表現法」が小説の領分に入って散文化している、歌の一首が小説の文章の切れ端のような述べ方になっている、と指摘する。これは、赤彦の「逝く子」一連に対する沼空の指摘でもあった。三ヶ島葭子や髙田浪吉の歌は、赤彦の歌の反映とも言えるだろう。

しかし、前述したように茂吉は、連作のもたらす弊害に早くから敏感であった。古泉千樫も、「写生の歌、連作の歌には、一方に省略、捨てるといふことが極めて大切であると思う」（大正九年二月号）と述べ、左千夫にくらべて長塚節は「連作」を言わなかったとも記した。「逝く子」一連をつくった赤彦も、その反映が弟子の歌にあらわれたとき、「事柄」や「事件」が目立ってはいけないと抑制をかけた。さらにのちにも茂吉は、左千夫の歌を抄出しつつ「近頃の連作の歌は一首では独立しないものがあるやうだから」連作にかまわず歌を抜き出した、「先師はあれほど連作を唱道してゐながら、一首一首がやはり独立した味を持つてゐる歌を作つてゐる」（大正十年九月号）と、連作が一首独立性を損ないやすいところを指摘し、再び歯止めをかけている。

うがって言うなら、赤彦の連作に対する抑制は、茂吉の発言の向きをうかがっての抑制ではなかったか。茂吉に一目置いていた赤彦は、「写生」も「連作」も、茂吉の意見にはことに注意深く耳にとどめたのである。

三、沼空の赤彦批判

アララギに加わって以来、いやそれ以前から、沼空がもっとも注視してきたのは島木赤彦であった。赤彦論を書くたびに、それを告白した。大正十（一九二一）年三月号附録『氷魚』批評特集に掲載した「なかま褒めをせぬ證拠に」は、沼空がアララギにあって書いた最後の赤彦論だったが、ここでも、冒頭に次のように述べる。

『馬鈴薯の花』時代には師の伊藤左千夫よりも「おし傾いて赤彦を尊敬して」いた、『赤光』などよりも自分にとっては赤彦が第一人者であった。「私には、赤彦が第一人者であると共に、赤彦にとつても、私が、其み方の第一人者であつたはずである」。

ほとんど名の無い時代から自分は赤彦の歌に傾倒し、その歌を尊敬してきた。アララギに加わったばかりの大正四年、まだ赤彦が茂吉の名声の影にあった頃にもその良さを人に知ってほしくて「切火評論」を書いたことがあった。あの頃とは違って、アララギを歌壇の主流に押し上げた赤彦はいまや大家となり、多くの理解者を得た現在だが、やはり自分が赤彦の歌の第一の理解者であるはずだ、少なくともかつては赤彦もそう思ってくれていただろう。しかし、そういう赤彦の理解者として、最近の傾向には苦言めいたことを言わなければならぬ。赤彦はこれまで「堅固な地盤をつき破り〳〵して育つ変化」をしてきたが、『氷魚』の後半あたりから若々しいうぶな感激をすり減らして「心もとない膜が張りかけた気がする」、どうやら固定しはじめたのではないか、というのである。

二年前に書いた「氷魚の時代　上――島木赤彦論」（大正八年一月号）は、「臆病」の一語に赤彦は憤激したけれども、気持ちに寄り添った心あつい評論だった。「逝く子」一連が出たあたりから、沼空は率直に苦言を呈するようになったが、論点は明確で、一貫しており、ぶれるということがない。赤彦を刺激するとわかっていながら、同じ言葉を用い、同じ歌をとりあげ、年を隔てて繰り返し、おのれの批評の正当性を主張する。そこには何とか理解してもらいたいという熱意もこもっていただろう。

批判の要点を整理すれば、これまで述べて来たように、まず第一に「木の位牌」の歌あたりからの、客観描写をもって抒情に変えるというやり方に対する批判がある。すなわち、茂吉のいう自然自己一元の生を写すという表現法に対する批判である。もう一つ、歌が「逝く子」一連のように内界に向かうとき、感傷を抑え込んでの客観的な描写が歌を散文化させ、小説の領分に入っているという批判がある。

第二は、このころから赤彦は芭蕉に憧憬をもち、澄んだ境地へ向かおうとし始めたが、それは芭蕉の取り違えの「虚脱」であり「からさび」「そらしをり」だ、という批判である。世間には芭蕉や西行の「虚脱した様な境地」をよろこぶ人が多いが、それはえせ風流だ、「生活力を湛へての静寂でなく、渾身の精力を亡くした残骸に、ほんとうのさびの寓り様がないではないか」と、同人寄合語「短歌における自然と人事」のなかで迢空は述べた。名は出さなかったものの、赤彦の最近の歌の方向に対する苦言である。これは赤彦に響いただろう。

だからこそ、講演記録「万葉集の系統」のなかで、「芭蕉の俳句の如きは芭蕉の鍛錬の生活を解し得ないものには到底分らない」「鍛錬とは生活力を無視する事ではない。自然に従つて成長する総ての生活力を一点に集中する事でありまして」と言及して、「虚脱」ではなく「鍛錬」による感傷の抑制だ、と主張した。

この赤彦の反論もまた、迢空には届いた。ふたたび同様の苦言を、この大正十年の「なかま褒めをせぬ證拠に」において展開、主張する。迢空はいう。赤彦は蕪村の域に達した、しかし、いまだ芭蕉の境地には及んでいない。澄明の域に達してきている土田耕平を推奨するのも、弟子が自分の願っているところに足をかけようとするのを見るからだ。しかし、土田耕平も「からさび、そらしをり」を摑むことがある、と。

さらに、没後に書いた「赤彦の成迹」においても、「少し芭蕉をめどに置き過ぎた」と振り返った。大正九年十年頃の土田耕平の歌をふたたび取り上げ、当時の誌上合評における赤彦評をあげて、次のようにいう。

耕平さんが大島に居て、山林の媾会を目にして作つた「しがわざを　見咎めたりと思ふなよ。われも、若葉の香に酔ひて来し」を極度に讃へた――（略）――時分が、芭蕉崇めの初め頃で、鑑賞に自在を欠いて居たことを見せてゐる。此が故人の単純化主義と絡みあうてわるく現れたものは、虚脱した様な歌になつた。芭蕉にも多くある虚脱した句も、謬つた鑑賞法に入れられて、今に過褒を受けて居る。故人の歌も、観賞《ママ》のとどいた真に純化した作品をおしのけて、世間後世から崇められさうな気がする。

（「アララギ」大正一五年十月島木赤彦追悼号六二頁）

沼空の予感どおり、アララギにおいてまず茂吉が『氷魚』の後半および『太虚集』『柹蔭集』の境地を激賞し、これが赤彦評価の歌壇的な定説となった。歌論や歌の鑑賞、作品の価値基準の上では、じつはむしろ茂吉と沼空のあいだにこそ深い対立があったのだ。

第三に、赤彦の歌は、技巧がききすぎるという批判がある。かつて伊藤左千夫から、君の歌はうまきことはうまきも天ぷら（つまり、品格がない）、と言われたことがあって、赤彦自身も気にしていたところだろう。大正九年二月号「アララギ新年号の歌合評」で、沼空は赤彦の歌をあげて、次のように評した。

村のうへ　畑つゞきの草山に、雪ふりながら赤らむ朝空

氏の此頃の歌は、全く凄く冴えて居る。正宗でなくて、村正である。あまりに鋭く劈く様な気がする。手に入り過ぎて居るからである。あまりに、自然を自在にし過ぎて居はすまいか、と言ふ気がする。「聞けばま近く出て見れば遠し」「土と落ち葉とわかれて聞ゆ」氏に相談する。此でも、村正ではありませんか。此の歌（筆者註・掲出の歌）でも、自然の姿以上に喰み出て居る処がある。

「腕まへがよ過ぎる」「殺気を帯びた冴えが、此歌々にさへ走つて見える」とも言い、「此でも、村正ではありませんか」と、痼のはしった詰め寄りの語気さえこもる。文中に下句を引用している歌は、

裏山に木を挽くひびき家のうちに聞けばまぢかく出て見れば遠し
雨のおときさつつあれば軒下の土と落葉とわかれて聞ゆ

後者の歌は、没後の「赤彦の成迹」でも取り上げて、このような「趣向歌などでは、卑しい歌

口も出て来たが」とまで言った。技巧に溺れて、成心や作為のあらわなところを品下ると見るのだろう。また「なかま褒めをせぬ證拠に」においても、「一つの蕪村」ではあると述べたのち、次のように評した。

蕪村の句で、時々感じるのは其腕の利き過ぎて居ることである。言はゞ技巧の為の技巧である。「氷魚」の跋に迄も、あれ程はつきり此事について書きつけて居る赤彦も、どうかしたはづみに、手の冴えを見せてやらうと言ふ気まぐれを起すことがある。此だけは、是非封じてほしい。村正になるか、正宗になるかの岐れ目であるからである。

沼空は、自分の批評で赤彦が機嫌を損じたと知っても、忖度して語をゆるめるようなことはけっしてしない。あれほど赤彦が嫌がって憤激した「臆病」という語も、ひるむことなくその後もあえて持ち出す。「技巧の為の技巧」「手の冴え」「村正になるか、正宗になるか」もそうであった。いよいよになればなるほどひるまず真正面から対するのが、釋沼空という人だった。

しかし、沼空のような観点を持つ者は多くなかった。大正十年三月号附録『氷魚』批評特集の執筆者は、阿部次郎・寺田藪柑子（寅彦）・田辺元・舟木重信・宇野浩二・藤森秀夫・宇野喜代之介・木下利玄・斎藤茂吉・中村憲吉・釋沼空・土田耕平の十二名、哲学者や物理学者、ドイツ文学者、小説家などそうそうたるメンバーだが、寺田藪柑子（寅彦）・田辺元・舟木重信・宇野喜代之介・木下利玄・土田耕平などは、とくに「逝く子」を絶唱として讃えた。なかに、美学者である阿部次郎が、沼空にもっとも近い評をしている。時間が無くて大正八、九年の分しか読んでいないとことわりながら、次のように述べた。

「貴君の歌から受ける第一の感じは手腕の冴えの感じです」「私は内容にふさわしい表現形式を捉へむとする努力が、不知不識貴君の歌のリズムを散文のリズムに近づけてゐることを、非難するよりも寧ろ面白く思つてゐます」、沼空のようにそれをもってただちに批判するのではないが、指摘するところが一致している。さらに次のようにも言う。

私は貴君や斎藤君が苦心して築きあげようとしてゐる写生の説が、例へば貴君の
　恋ひおもふ友さへ遠しこれの世に命ながしと誰か思はむ
といふやうな歌材（此の如き歌材を選ぶことそれ自身が写生に背くものでないことは云ふまでもないでせうから）の方面に応用すればどうなつて行くか、その方に研究の主力を注ぐ人も出てほしく思ひます。さうして貴君方の写生道が日本の社会に彼等の胸を一様に躍らせるやうな詩を与へることが出来るとすれば、それはこの方向にあるでせう。

純粋な抒情や人事の方向に「貴君や斎藤君が苦心して築きあげようとしてゐる写生の説」を応用するとどうなるか、社会の人々の胸を躍らせるのはこの方向だろう、という。

これは、かつて迢空が「氷魚の時代」（大正八年）で、感傷の多い赤彦はあやうい内界の観照を後回しにしてこれまで外界ばかりを対象にしてきた、歌壇からの攻撃は没主観の叙景歌一辺倒のところにあると言った、それに類する指摘である。批評の基盤を共有していることが感じられる。阿部次郎はまた、茂吉や赤彦たちが「写生」の語義を拡充させて「写生道」に転じてきたのを承知しつつ、そういう意味でなく歌でする「写景」と絵でする「写景」との異同をどう考えるかと問いかけた。絵では自然のなかからまず構図を切り取ってくるが、それを生かす線の交錯や光線と色彩との交錯があってこそ始めてその絵の芸術的価値が決まる。しかし、言葉の芸術ではこの方面で絵と競争するわけにはいかない。

（略）歌でする写景はどうしてもその景色に対する主観的感動の力とこれを表現する言葉のリズムの力とによつてこれを生かさなければならないのだと思いますが、此点を貴君はどう考へられますか。貴君の歌は構図の確かさに於いて嘆賞に価ひするものがありますが、それでも画に及ばぬ点を「調べ」で補ふ点に於いてはまだ物足りないところがあるやうに私には感ぜられます。

「その景色に対する主観的感動の力とこれを表現する言葉のリズムの力」、これはあの大正五年の「雛燕」の歌の頃にはあったものだった。赤彦は、「善光寺」「逝く子」一連の頃から感傷の奔出をおそれて、歌の韻文としての力すなわちおのずからなる「調べ」を抑圧し、そこに成心が働くようになりはじめていたのだった。

沼空は、「赤彦の成迹」に以下のように結論する。「「太虚集」から兆した清醇と虚脱を見違へた作風が、「柹蔭集」には殊に殖えて来てゐる」[*9]、しかし『柹蔭集』では「集注の関心を棄てて、自ら整うてゐる自然人間の姿を、その儘、移し取らうとする動きが出て来た」。

> かうした精進が、晩年に迫つて漸く酬いられ出した。併しながら、詩その物からまだ報いられたとは言へない。「柹蔭集」の暗示を思ふ時、完成せられた「氷魚」の直後に死んだとしたら、遂げられない物を措いて逝つた今よりは幸福であつたかとも思ふ。
>
> （「アララギ」島木赤彦追悼号大正十五年十月号六五頁）

痛烈な批評である。沼空は、茂吉とは真反対で『太虚集』『柹蔭集』より『氷魚』を、『氷魚』でもその前半をもっとも高く評価するのである。時の試練を経た現在地点から見れば、その批評は正鵠を得ていたといえよう。沼空は、すぐれた鑑賞家であった。ことに赤彦の作品については、もっとも良き理解者であり、ゆえに鋭い批判者でもあった。

さらにまた、大家然とした赤彦の顔のうらに隠されたやわらかい心の、沼空は理解者でもあった。「故人ほど、自分の村の人生や、自然を歌にした人はなかつた。この方面の作物には、成心や作為が感じられなかつた。よし其がある様な物でも、其底からにじみ出て来る愛が、さうしたこなれない物を、一挙に融して了うて居た」[*10]。赤彦は、郷土の生活にふかく根づいた歌人であった。「故人は、生活派の誰よりも、生活派であつた。唯、生活派と違ふところは、新しい論理を、呪詛気分を具へて居なかつた点である」。「生活派」とは、いまでいう社会派というのに等しい。赤彦は、松倉米吉や山口好や、学歴のない貧しい職人や炭礦夫の歌人を身めぐりに集めた。そこに理解と同情があった。そういう美点をあやまたず見ていたのも、迢空である。

迢空は、大正十年三月号の「なかま褒めをせぬ證拠に」を、赤彦との訣別を予感しながら書いた。末尾の「わが赤彦よ。どうか、老いないでゐてくれ」「此処に、唯一雫の変若水《ヲチミズ》がある。此を飲んでくれ。月読の持てる清水か。あらず。感激の泉である」というせつせつたる呼びかけは、たとえるなら去ってゆく恋びとに追いすがって訴えかけるような響きをもつ。

四、夜の歌びと、その悲劇性の出現——一元化した「自己」から離れて

学問において早熟、歌の鑑賞力にすぐれ、学的基礎をもった歌論をする迢空だったが、短歌創作については晩生だった。迢空自身、自分の学問のおかげで実力以上にアララギでは厚遇を受けたと、引け目を感じていたことを告白する。たしかに技巧という面では赤彦の弟子土田耕平の方が上手《うわて》だったかもしれない。迢空の歌には器用な感じがしない。しかし、あえて言えば、それは

迢空が一流であったことの証しであり、そのもとめる世界が独自なものだったからである。それでも、第五章「歌の確立へ」で述べたように、歌はしだいに独自の姿をあらわしてきていた。視覚の不分明な「夜」を素材にとると迢空の歌は充実したが、大正十（一九二一）年四月号「夜ごゑ」十三首は、アララギにあって迢空が得た大きな成果であった。その世界はほぼ踏み固められ、この一連でさらに飛躍した。

歌をいくつか見てみよう。前年大正九年七月、信州松本市で講演したのち美濃中津川を発して大井川・藁科川に通じる道を歩き、山間の民間伝承採訪の旅をしたと年譜にある。その途上に見たものか、一連の前につぎのような詞書がある。（詞書は、初出と歌集『海やまのあひだ』とではほとんど変わらないので、歌集から引用する）。

下伊那の奥、矢矧川の峡野《カフチ》に、海《ウミ》と言ふ在所がある。家三軒、皆、県道に向いて居る。中に、一人の翁がある。何時頃からか狂ひ出して、夜でも昼でも、河原に出てゐる。色々の形の石を拾うて来ては、此小名《コナ》の両境に並べて置く。其一つひとつに、知つた限りの聖衆の姿を、観じて居るのだと聞いた。どれを何仏・何大士と思ひ弁《ワカ》つことの出来るのは、其翁ばかりである。

家三軒しかないような山奥の在所に、狂った翁が昼も夜も河原に出て、色々の形の石を拾ってきては、その両境に並べ、一つ一つに知ったかぎりの聖衆の姿を観じている。その哀れな翁に同化したかのような一連である。歌集収録時に、「夜ごゑ」は「夜」と改題され、十三首中八首に加筆した。ここに数首をとりあげて鑑賞してみよう。歌集『海やまのあひだ』におさめた形を併記する。（（海）と略す）

ながき夜のねむりの後《のち》もなほ夜なる月おし照れり河原すが原

ながき夜の　ねむりの後も、なほ夜なる　月おし照れり。河原菅原　（海）

一連最初の歌。句読点のないまま読めば、「ながき夜のねむりの後もなほ夜なる」と三句切れで読みそうになるところを、歌集では二句で休止を置いて読むように指定する。それによって歌の調べがしめやかになる。「ながき夜のねむり」とは死後の世界だろうか。未生の世界だろうか。そこから覚めてのちもなお夜であった。無明の世に棲むものに月があかあかと照りわたる。あたりは菅がぼうぼうと繁り立つ河原である——。河原には、狂った翁が並べた石のまえにうずくまっているだろう。翁の目になってその見ている景をあらわすかのようでもあるが、歌の主体は判然としない。ただ、幾たび生き変わり死に変わりしても「なほ夜なる」、永劫の無明の世を生きねばならぬ宿命を負ったもののあわれを歌はうたう。[*11]

をちかたに水霧《みなぎら》ひ照る瀬のあかり龍女《にょ》の姿むれつつ移る

をちかたに、水霧《ミナギラ》ひ照る湍《セ》のあかり　龍女《リユウニヨ》のかげ　群れつゝをどる　（海）

川の遠くの方に早瀬がある。絶え間なく動く水波に月かげがきらきらと映る。そこにうつくしい龍女のかげが群れうごいている。杜甫にもこのような幻を湖上に見る詩があるが、うつくしい幻想だ。これも狂った翁の目になってうたっているかのようだが、そうとばかりも言えず、かつて夜の川沿いを歩きもした迢空の体験から来る幻かもしれない。歌は、誰が見ている幻なのかなどという疑問の浮かぶひまもなく、幻を現前させる。

うづ波の穿けたるもなか見る〳〵に青れんげの花咲くけはひすも
うづ波のもなか　穿《ウ》けたり。見る〳〵に　青蓮華《シヤウレングエ》のはな　咲き出づらし　（海）

原作のほうが歌が滑らかだが、文字遣いの上でも、歌集の方がかっきりと幻想が立つ。渦が巻いてその真ん中がくぼんだ、と見るや、そこから青蓮華のはなが咲き始めたようだ――。青蓮華は仏教に関わりのある蓮の一種で、葉の長く広く、鮮やかな青を菩薩の目にたとえるという。これもまた、狂った翁の見る幻であり、迢空の見る幻でもある。あるいは、そのいずれでもない。いわば翁と迢空と、幻を見ている主体が同化融合して、無人称ともいうべき歌の主体が成立している。

大正九年という時代、家三軒しかないような山奥に暮らす人々は、文字などにはほとんど無縁のままの一生を送っていただろう。だからこそ民間伝承が生きたまま残っている。夏の間じゅう、それを訪ねて歩いた迢空は、文字無縁の共同体——身めぐりに声の響きのたゆたう語らいの世界の心性におのずから浸され、うつし世に苦を背負う翁とおのれとが共振しあって、このような無人称ともいうべき同化融合した歌の主体を成立させ得たのであろう。[*12]

水底《みな》にうつそみの面わ沈透《しづ》き見ゆ来む世も我のさびしくあらむ
水底《ミナソコ》に、うつそみの面わ　沈透《シヅ》き見ゆ。来む世も、我の　寂しくあらむ　（海）

一連の終わり近く、ここにいたってようやく歌は狂った翁という仮象を脱けだし、「我」をうたって、迢空の本性としての悲劇性があらわになる。二年前には伊勢清志が自分を離れていった。いまは、尊敬した赤彦が自分を遠ざける。赤彦に苦言を呈するのは、自分の衷心からのことである。そこにいささかの曇りもない。それを誤魔化して追従するわけにはいかない。何とかわかってもらおうとすればするほど、赤彦は自分を憎むようになり、聞きたくない噂も聞かされた。「私個人に対して、其（筆者註・人の道義心を欠いた行動）が行はれた事であつた時は、切な体験が、孤独を感じ、悲劇的の昂奮が私の道義心を緊張させて来た」[*13]（「半生の目撃者」）。

赤彦がおのれの感傷質を抑えつけようとしすぎることに対して、迢空は、感傷は悲劇の源であり、文学の源である、と説いたことがあった。悲劇の文学に洗われて人の心はいよいよ美しく照り、生命が強められる、そう述べたこともある。迢空は、悲劇の味わいを知るものであった。現実のどうしようもない不合理や、矛盾や、行き違いや、厳しい運命によって零落していきながら、それにも関わらずうつくしい心を護りつづけていく、そういう悲劇の文学に、迢空は誘《おび》かれる質のものであった。赤彦に対して述べたことは、そのまま自分のもとめる方向を明らかにすることだったと言ってもよい。

合歓の葉の深きねぶりは見えねどもうつそみ愛《を》しきその香たち来も
合歓の葉の深きねむりは見えねども、うつそみ愛《ヲ》しき　その香たち来も　（海）

合歓の花だけがぼうっと霞むように浮いているのであろう。夜のくらやみのなかで葉は見えないが、花の香だけが流れてくる。「来む世も、我の　寂しくあらむ」、来世も自分の運命は寂しいものであろう、しかしそれでも、この世の「うつそみ」をもつおのれは生なまとした花の香を愛するという。

迢空は、芭蕉や西行を取り違えた「虚脱」ということをしばしば赤彦に指摘した。そこには、このような思想ともいうべき思いがひそんでいた。この世は自分に厳しい試練を与えるが、しかもなお、この世にうつしみのあることを愛する、悟りすましたりはしない、というのである。

「夜ごゑ」は、画期的なすぐれた一連であった。茂吉・赤彦らの主導するアララギの新しい「写生」歌は、現実世界から「自己」の姿を切り出し、歌を一元的な「自己」の世界で塗りつぶすのだが、そのようなものとはまったく異質の歌を、迢空はここに実現した。

迢空のもとめる歌の世界は、第一章に見たように、社会——同じ歴史を共有してきたひとびとの形成する集合体——というものがつねに視野に入っており、また他の社会に生きているひとびと（すなわち他者）との出会いが視野に入っていた。

子規や左千夫の流れを汲むアララギに属して、写実的な現実描出の手法を学びとりつつ、やがて学問の成熟やフィールドワークの成果もあいまって、しだいにもとめる歌の姿があきらかになっていった。自然を対象に自己感情を移入するといったアララギの新しい「写生」概念形成期に、それを厳しく批判した迢空の歌は大胆に別の方向へと向かいはじめる。赤彦との関係は軋みを増し、亀裂の極まった大正十年初頭、ようやく迢空は野放図に自らを解放して「夜ごゑ」のような虚構の現実世界を現出したのである。

四月号には、この「夜ごゑ」と、もう一つ「枕のうへ」七首を発表した。こちらは自己の思いを述べた歌でわかりやすいが、歌品としては劣る。

目ふたぎていまだは睡《ね》ねどしづこころ怒りに堪ふる思ひに馴れ来
面《おも》見ればただちに信じひたぶるに心をゆるむるすべなき我がさが

もろともに若きうれひはとひしかど人の悔しき年にはなりつ

歌集にはこれらの歌を「友よ」と改題、収載した。ひそかに赤彦へ向けた歌と読んでよい。互いに貧しく、名もなかった頃、「若きうれひ」をともにして心合う思いをしたものだったが、ついにかの人を悔しく思う年になってしまったと、うたう。

五、アララギを退く

大正九（一九二〇）年二月号「アララギ新年号の歌合評」で、赤彦の歌に「此でも、村正ではありませんか」と、迢空は詰め寄る語気を見せたが、この時期になると、赤彦もまた歌評に意のあるところを潜めた。迢空が信州へ講演に訪れたとき地元のひとびとに歓待されて作った歌「八ヶ《やつが》嶺《ね》の山うらに喰ふ魚の味さびおもしろみ知れる名を問ひつ」に、「十徳姿の宗匠趣味に近づかんとしてゐる」と評したのである。

「十徳」は、江戸時代の儒者・医者・俳諧師・絵師などが外出着として着用したものだそうだが、この赤彦の評は迢空をよほど刺激したもののようで、赤彦追悼号でつぎのように述べた。

あれだけの人だが、自分の経験しないことには、理解のないうは面だけの見方をした。唯の世間人の様な処があつた。（略）私が貧乏で居て、書生風の姿で居た時、私の歌を、書生つぽ風の歌であると、生《なま》な表現を戒めた批評を書いてくれたことがあつた。又その後医者の兄の着古しの十徳めいた医師服を着て居ると、十徳着た宗匠のよみ相な歌だと評をしてくれた。其は私を強く誡める為にそんな言ひ方をしたのかも知れません。が、かうした目に見えるところで、内界を律してゆく、傾きがあるにはあつた。

（「島木さん」、「アララギ」島木赤彦追悼号大正十五年十月号六〇頁）

赤彦の言い分もわからないではないところのある歌で、迢空としては山深い里人との交流をうたいたかったのだろうが、人事はやはり浮つきやすい。これを歌集におさめるとき、「八个嶽《ダケ》の山うらに吸ふ朝の汁。さびしみにけり。魚のかをりを」と人事の部分を消す推敲をした。しかし、評は評として、この言葉の裏に「おまえさんもずいぶん偉くなったもんだな」という嫌みの潜んでいるのを感じないではいられなかったのだろう。

しかも、赤彦は、このような歌評の応酬のあった二月号の編輯所便にさえ、「釋迢空氏の万葉人の生活続稿二月号だけ休まれ候。三月号より続出いたすべく諸君の御期待を祈り候」と書いたのである。

迢空は、つぎの三月号から歌すらも出さなくなった。万葉集短歌輪講と選歌欄だけは、アララギ主要同人の義務として継続する、といったふうである。以後、大正九年の間は、五月号に柳田國男の炉辺叢書を紹介した「しみの棲みかから」を掲載したのみ、歌も文章も現われなかった。もっとも文章は書いてはいる。七月号編輯所便に赤彦は次のように記す。

▲沼空の茂吉宛てに認めたる「名残の星月夜」舞台評は実朝を中心として坪内博士の実朝観に言及せしもの、原稿紙無慮百二三十枚の長篇に有之候。之は秋の特別号に収め申すべく候。同氏の歌来月より発表致すべく候。

坪内逍遙「名残の星月夜」については、赤彦との関係がもっとも良かったころ、大正六年八月号編輯所便を赤彦に替わって沼空が執筆したが、そこで時事新報に茂吉が書いた評論「坪内博士の名残の星月夜を読む」に触れたことがあった。坪内逍遙の二十年間の蓄積を背景にした実朝像と、子規以来のアララギ派の実朝像の比較が興味ぶかい、自分も書きたいことがある、といった内容である。それが大正九年になって舞台化されたのをきっかけに、茂吉宛の書簡という形式で「原稿紙無慮百二三十枚の長篇」を書いた。

しかし、「名残の星月夜」舞台評は、秋になっても出ない。加藤守雄は信州滞在中の赤彦が、アララギ編輯所をあずかっていた高木今衛宛に「十月号へハヤメニスル」（九月十七日附）と掲載予定を急遽変更する書簡を出し、さらに「折口君のあの原稿久保田よりの命令だというて折口君へ御返送下され度」（十月十一日附）と書簡を出したと、その経緯を明らかにしている。*14

沼空は、アララギに加わって以来、民俗学関係以外の文章はアララギにしか出さないという操を立てており、赤彦もそれを知っていた。その上で、赤彦は掲載せずという判断を下したのである。[*15]

それにもかかわらず十二月号編輯所便には、九月二十四日発行所で開かれたアララギ相談会での申し合わせ事項の一つとして「折口氏の万葉人の生活」を続けることとしたとある。新年号広告目次にも釋沼空「万葉人の生活」が掲げられた。あたかも沼空からは「万葉人の生活」以外の原稿は期待しないというかのようでもある。

かつて沼空が、岡麓以下アララギ主要同人八人の一人として待遇されたのは、赤彦の推挽あってのことだっただろう。「私に手篤くしてくれる赤彦居士の情愛に対する感激から出た奉公の純心」[*16]（「半生の目撃者」）のあらわれとして「子分かたぎ」のような気持ちさえ持った沼空だった。それが、いまや赤彦のめぐりを新たな直弟子たちが垣をなして、沼空を阻むかのように取り囲んでいる。

一方、沼空も、國學院大學で講義をするようになり、その学生でアララギのなかに沼空を尊敬、同情する若者たちがあった。大正十年一月号ではついに同情者の一人由利貞三が赤彦に抗議の申し入れをした。「これらの歌（筆者註・土田耕平の歌）に対して、その評言を聞き、余りに鑑賞程度の異ふのに黙つてをれなくなつて、このことを書きました」という抗議文を、赤彦は「談話欄」に掲載し、「外観が平凡で内に深く籠つてゐる歌は現代人に鑑賞出来ぬ様だ」と年長者らしくおうようにいさめた。しかし、さらに貞三は二月号「談話欄」に、少々いきりたって再反論した。これを赤彦は掲載したうえで黙殺した。

故人にして今は亦他義の故人となつた、久しく尊敬して来た赤彦居士に対してそぐはない感情を抱いた始めは、両方の門弟子及び周囲の人の、お互の師匠・身よりを思ふことの篤さから多く醸されて居たと思ふ。
（「半生の目撃者」全集第廿八巻三六頁）

由利貞三の抗議のあった直後、翌三月号附録『氷魚』批評特集「なかま褒めをせぬ証拠に」のなかで、「私の為に公憤に似た感情から、匿名でしてくれた」有志者は二人まで知っていると、迢空は書く。それぞれが洩らした言葉が「門弟子及び周囲の人」によって両方へ伝達され、結果はさらに感情がいよいよ入り組んでもつれることとなった。

或は、今年一月の赤彦・貞蔵の論争の動機になつたのではあるまいか」とわざわざ触れたのも、なかで、「「しがわざを」の歌（筆者註・土田耕平の歌）に就いて、此の間の心持ちを話したことが、申しひらきをしておきたいという配慮あってのことだったと思われる。

つづいて四月号に、先に述べた「夜ごゑ」一連、およびひそかに赤彦に別れを告げるかのような「枕のうへ」数首を発表して、あとは歌も文章も絶えた。夏は琉球に渡ったこともあったかと思われるが、八月号、九月号、十月号と選歌欄さえ担当していない。

九月末には、國學院大学教授となった。十月九日には、斎藤茂吉のドイツ留学送別会に出席した。その前日にアララギ同人編輯会がひらかれ、土田耕平が主要同人に推薦されたのだろう、十一月号から土田耕平が選歌欄を担当し、赤彦に代わって編輯所便を執筆した。

沼空は、十一月号に沖縄の歌七首とエッセイ「海道の砂」を出し、十一月号十二月号と選歌欄を担当して、年末、選者を辞した。新年号予告には「右の外、中村憲吉・土屋文明・釋沼空の諸氏も執筆の予定なり」とあるが、翌年新年号に掲載のあったのは、雑誌「白鳥」の広告であった。

（沼空申し候）。小生勤め居り候國學院大學々生並びに、出身者の間に、かね〴〵雑誌発行の計画有之候処、愈今度、上記の雑誌「白鳥」を出すはこびに立ち到り候。就いては、小生が、此迄の関係より、出来るだけの加勢は致す所存に御座候。「あららぎ」以外の詩歌雑誌に発表せぬ事に定め来候短歌其他の創作及び、評論を、「白鳥」にも発表致す事に仕り候。従来、小生の作物に多少の興味をお持ち被下候方々は固より、新なる文芸復興の機運を促さむとする新進文人らの意気に触れむと御考へ被下候方々に、御購読御慂め申し上げ候。

以後、沼空の歌も評論も、アララギには出なくなる。赤彦がしばしば督促した「万葉人の生活」の連載は、「白鳥」の方に掲載された。この「白鳥」の広告が、「脱盟を告げることはせなかつたが」という沼空のけじめということであった。[*17]

註

＊1　「万葉びと」とは、「万葉集に印象せられた古代日本人のイメージ、精神生活を主とするそれを、折口信夫は万葉びとということばで表現した」（西村亨「折口信夫名彙解説」『別冊國文學　折口信夫必携』岡野弘彦・西村亨編）。西村亨によると、大正四年四月発表「髯籠の話」に最初の用例が見られ、大正五年九月刊『口訳万葉集　上』の序文にも用例があるという。（有山大五・石内徹・馬渡憲三郎編『迢空・折口信夫事典』一一六頁）

＊2　長谷川政春・高梨一美による「年譜折口信夫手帖」（同右『別冊國文學　折口信夫必携』）によると、大正六年八月末、アララギ会員のため講演と歌会の旅をし、二十四日に浜松弁天島で「万葉人の生活」という題の講演をしている。赤彦との会話のなかで、おりに触れて現れた可能性はあろう。

＊3　品田悦一著『万葉集の発明』二二一頁

＊4　中西恭子は「幻影の人の叢林をゆく　西脇順三郎の見た折口信夫」（現代思想『総特集　折口信夫』）において、つぎのように述べる。「西脇にとって折口との交流から受けた最大の恩恵とは、「世界じゅうに共通してみられるものが日本にもあるということが重要で、日本だけにあるということが重要なのではない」という観念であった」。続けて中西は、折口信夫『日本文学発生序説』所収「日本文学の内容」のなかの「日本式のもの　世界的のもの」を以下のように要約して紹介する。「文学の内容の器としての形式のなかに日本文学の特質があるという事実に注目するべきだ。はじめから内容や思想に注目するのではなく、形式の相違を探究するうちに、世界文学が普遍的に備えているものが日本文学にも見いだされるからである」。すなわち、この問題は、折口の「発生」という考え方に関わるものである。また、たんなる個別の内容の類似ではなく、形式と内容の問題にも関わって考察がなされてい

た。

＊5　「赤彦の成迹」、「アララギ」島木赤彦追悼号大正十五年十月号六二頁

＊6　「追憶談」、「アララギ」島木赤彦追悼号大正十五年十月号二一頁

＊7　第一章の註7を参照。

＊8　この段落の引用はすべて「短歌」昭和四十八年十一月臨時増刊号五一頁

＊9　引用は、以下順に「アララギ」島木赤彦追悼号大正十五年十月号六三・六四頁

＊10　引用は、以下順に「アララギ」島木赤彦追悼号大正十五年十月号六一・六五頁

＊11　安藤礼二「スサノヲとディオニソス――折口信夫と西脇順三郎」（『折口信夫』講談社）によると、「手帖に残された旅程を検討する限り、折口がその集落を訪れたのは夜ではなく昼のことである」という。

＊12　阿木津英「石牟礼道子の短歌と「うた」――その文学の原点を形成するもの」（「比較メディア・女性文化研究」第5号、二〇二〇・一〇　ＰＤＦファイルをダウンロード可能）参照。昭和十年代あたりになっても、文字に無縁なまま一生をすごす文字無縁の共同体が、日本社会の底辺に厚く広がっていたことを、石牟礼道子の例はしめす。石牟礼の文学の原点には「うた」の世界があった。そこでの主体には「人称が無い。「いれかわる」のではなく、主体が共鳴しあって一つに融合するのである。身めぐりに音の響きのたゆたう語らいの世界では自然なことだろう」。

また、兵藤裕己著『物語の近代　王朝から帝国へ』（岩波書店、二〇二〇・一二）参照。「耳からの刺激は、からだの内部の聴覚器官を振動させる空気の物理的な波動である。わたしたちの内部に直接侵入してくるノイズは、視覚の統御をはなれれば、意識主体としての「私」の輪郭さえあいまいにしかねない。そんな不可視のざわめきのなかへみずからを開放し、共振させてゆくことが、前近代の社

会にあっては、「他界」とコンタクトする方法でもあった」一二二頁
＊13　全集第廿八巻五〇頁
＊14　「短歌」昭和四十八年十一月臨時増刊号、加藤守雄「アララギのおける迢空」一九八頁
＊15　加藤守雄「アララギにおける迢空」（『折口信夫伝』角川書店、一九七九・九、初出「短歌」昭和四十八年十一月臨時増刊号）は、大正八年から九年にかけての編輯所便などを列挙し、「その間、迢空と赤彦との間に隔意なぞ全くなかった」と見て、この「名残の星月夜」舞台評の赤彦による没書をアララギ訣別の直接原因と結論する。しかし、本書で見てきたように、そうではなかった。赤彦は、腹とは異なる言動をしばしばとる。迢空も、編輯所便などの赤彦の言葉をはじめは真に受けていたことだろう。その間の消息を「枕のうへ」の「面《おも》見ればただちに信じひたぶるに心をゆるむるすべなき我がさが」のような歌が伝える。
＊16　全集第廿八巻三七頁
＊17　池田彌三郎「アララギとの別れ」（『私説折口信夫』中公新書）では、『日光』創刊に際して迢空を誘った「千樫に向かって、「その新しく出来る雑誌に加盟するからよろしく願ふ」と言った。この瞬間に、折口は、完全にアララギと訣別したのである」とする。アララギには、入会も退会も規約のようなものはなかったようだから、そういう見方もできるだろう。しかし、赤彦は、迢空の「白鳥」広告を見て、訣別を理解したはずである。一月、赤彦は使いを出して、迢空に校訂を依頼してあった「万葉集燈」の版本と筆写原稿一切をとり戻させたという。

主要参考文献一覧

【全集】

『赤彦全集』全九巻・別巻一巻　岩波書店、一九六九・四（再版）
『近代文学評論大系』全十巻　角川書店、一九七一・一〇
『斎藤茂吉全集』第三十六巻　岩波書店、一九七三・一
『折口信夫全集』全卅一巻・別巻一巻　中公文庫、一九七六・一二
『現代短歌全集』全十五巻　筑摩書房、一九八〇・一二

【単行本】

橘守部遺著『万葉集檜嬬手』アララギ特別増号　岩波書店、一九一六・一二
島木赤彦・中村憲吉歌集『馬鈴薯の花』古今書院、一九二五・一一
藤村作編『増補改訂日本文学大辞典』新潮社、一九五〇・二（初版一九三五）
斎藤茂吉著『続明治大正短歌史』中央公論社、一九五一・三
『島村抱月文芸論集』岩波文庫、一九五四・三
『日本歌学大系』第四巻　風間書房、一九五六
大西克禮著『美学』上巻基礎論　弘文堂、一九五九・一〇
『阿部次郎全集』第三巻　角川書店、一九六一・七
奥野健男著『日本文学史』中公新書、一九七〇・三
木俣修著『大正短歌史』明治書院、一九七一・一〇

『折口信夫全集ノート編』第一巻　中央公論社、一九七一・三
注釈者代表池田彌三郎『折口信夫集』日本近代文学大系第46巻　角川書店、一九七二・四
池田彌三郎著『私説折口信夫』中公新書、一九七二・八
池田彌三郎・加藤守雄著『迢空・折口信夫研究』角川書店、一九七三・七
『折口信夫対話2――日本の詩歌』角川選書68、一九七五・一
佐伯梅友・藤森朋夫・石井庄司校注『新訂　万葉集』日本古典全書　朝日新聞社、一九七五・三
文芸読本『折口信夫』河出書房新社、一九七六・一
玉城徹著『石川啄木の秀歌』短歌新聞社、一九七六・一二
加藤守雄著『折口信夫伝』角川書店、一九七九・三
小林一郎著『田山花袋研究――博文館時代㈢』桜楓社、一九八〇・二
『古代歌謡集』日本古典文学大系3　一九八一・九（第26刷）
相馬庸郎著『日本自然主義再考』八木書店、一九八一・一二
『折口信夫手帖』折口博士記念古代研究所、一九八七・一〇
竹内敏雄編修『美学事典』増補版　弘文堂、一九八八・四（13刷）
西村亨編『折口信夫事典』大修館書店、一九八八・七・一
高橋直治著『折口信夫の学問形成』有精堂、一九九一・四
島木赤彦歌集『氷魚』（文庫版）短歌新聞社、一九九三・七（再版）
岩佐美代子「玉葉集と風雅集」和歌文学講座7『中世の和歌』勉誠社、一九九四・一
藤井貞和著『釋迢空』講談社、一九九四・四
鈴木貞美著『「生命」で読む日本近代　大正生命主義の誕生と展開』日本放送協会、一九九六・二

岡野弘彦著『折口信夫の記』中央公論社、一九九六・九
岩佐美代子著『玉葉和歌集全注釈』別巻　笠間書院、一九九六・一二
佐々木健一著『美学辞典』　東京大学出版会、一九九七・一一（5刷）
有山大五・石内徹・馬渡憲三郎編『迢空・折口信夫事典』　勉励出版、二〇〇〇・二
岡野弘彦著『折口信夫伝――その思想と学問』　中央公論新社、二〇〇〇・九
富岡多恵子著『釋迢空ノート』　岩波現代文庫、二〇〇六（単行本　岩波書店、二〇〇〇）
品田悦一著『万葉集の発明』　新曜社、二〇〇一・二
安藤礼二著『光の曼荼羅　日本文学論』　講談社、二〇〇八・一一
岩佐壮四郎著『島村抱月の文藝批評と美学理論』　早稲田大学出版部、二〇一三・一
安藤礼二著『折口信夫』　講談社、二〇一四・一一
湯澤千秋著『歌人赤彦』　現代短歌社、二〇一六・三
折口信夫著岡野弘彦編『釋迢空全歌集』　角川ソフィア文庫、二〇一六・六
兵藤裕己著『物語の近代　王朝から帝国へ』　岩波書店、二〇二〇・一一

【雑誌・論文】
「アララギ」　大正三年一月号、一九一四・一～大正十一年十二月号、一九二二・一二
「潮音」　大正六年三月号、一九一七・三
「アララギ」　島木赤彦追悼号大正十五年十月号、一九二六・一〇
八角真「観潮楼歌会の全貌――その成立と展開をめぐって」『明治大学人文科学研究所紀要1』一九六二
「迢空・折口信夫特集」　角川書店「短歌」十一月臨時増刊号、一九七三・一一

「特集・折口信夫〈知〉のパラダイム」學燈社「国文学」一九八五・一
「特集　釋迢空」短歌新聞社「短歌現代」一九八七・二
別冊国文学『折口信夫必携』學燈社、一九八七・五
「特集・釋迢空――生誕百年記念」角川書店「短歌」一九八七・一一
内藤明「短歌の構造と〈私〉の定位」雁書館『現代短歌雁』27号、一九九三・七
「特集・越境する折口信夫」學燈社「国文学」一九九七・一
稲田利徳「京極為兼――新古今時代の和歌の享受」學燈社「国文学」一九九七・一一
岡野弘彦・古橋信孝・谷川健一・三枝昂之座談会「特集　歌の源流を考える⑦折口信夫」ながらみ書房「短歌往来」一九九八・七
「総特集　折口信夫」青土社「現代思想」五月臨時増刊号、二〇一四・四
阿木津英「石牟礼道子の短歌と「うた」――その文学の原点を形成するもの」「比較メディア・女性文化研究」第5号　二〇二〇・一〇・一五　PDFファイルをダウンロード可能。

＊文中の折口信夫全集はすべて中公文庫版『折口信夫全集』を使用、引用にあたって旧漢字は新漢字にした。また、雑誌「アララギ」ほかの引用にあたっても同様にした。さらに、短歌会としてはアララギ、雑誌は「アララギ」と表記を統一した。

あとがき

本書は、一九九二年十一月から二〇〇〇年十一月まで、冊子「あまだむ」（筆者編集発行）に連載した「迢空・基礎ノート」全三十三回から、釋迢空のアララギ時代というテーマに絞って抽出し、二〇一八年頃からリライト・加筆訂正を重ね、構成したものである。「基礎ノート」と名づけたように、迢空の歌の初期から『海やまのあひだ』までをおおよその対象としつつ、年代順に従いながらも、章立てをせず、時々の関心のおもむくままに書き継いだもので、リライトを予定したノートであった。

九〇年代から二〇〇〇年代にかけては、富岡多恵子や安藤礼二などによって、折口信夫研究にさらに新たな地平がひらかれ、新資料発掘とともにそのセクシャリティなども真正面から研究されるような環境が生まれた。そういう進展のなかにあって、迢空のアララギ時代についての関心と迢空短歌そのものについての研究なら、公刊してもいくらか意義もあるかもしれないと、まとめることを思い立った。最初は、整理をつけておこうという軽い気持ちだったが、読者に読みやすいようにと配慮しながら向き合っているうちに、かつて見えなかった景も現れることもあり、思わずのめり込んで二、三年が経ってしまった。わたしの内部で、九〇年代の論考と現在とは癒着してしまっているが、参考までにその骨子をなした時期を記しておく。

「第一章 『安乗帖』『ひとりして』の頃」は、一九九二年十一月から九五年五月までに書いたもののなかから構成して、加筆・訂正をした。「第二章 アララギの仲間たち」のうち「一、アララギの戦力として」は書き下ろし、「二、切磋琢磨する同人たち」「三、口語的発想」は九五年九月から九六年七月までに書いたものに加筆訂正をした。また「第三章 大正七年の迢空」は、九六年七月から九七年三月までに書いたものを構成、加筆・訂正をした。このうち、第三章の「二、都市生活における人事を叙事的にうたう」「三、近代資本主義体制下の「都市文芸」」については、ほとんど加筆はない。「第四章 赤彦との齟齬」のうち「三、アララギ派の新しい「写生」論」「六、集団個性の独立へ――大正八年の「アララギ」」については書き下ろし、あとは九七年七月から九九年一月までに書いたものを構成、リライトした。ただし、「五、玉葉・風雅から赤彦まで」については、削除はしたが加筆はほとんどない。「第五章 歌の確立へ」は九九年五月から二〇〇〇年十一月までに書いたもののなかから構成、加筆した。「第六章 アララギを退くまで」は、すべて書き下ろしである。

最終回を書いてから十数年間も放置してあったことに忸怩たる思いが湧くが、時を経てここにいくばく残るもののあったことを幸いとしたい。知見が狭いため至らない箇所も多いかと思われるが、御批判御教示をたまわりたい。

アララギに迢空が在籍した期間は、短歌の近代の重要な結節点であった。子規以来の根岸派は、ここで大きく屈折し、以後の近代短歌の主流を形成してゆく。それに対する反発は絶えずあったし、時代の大きな変動が幾つもあって現在にいたっているが、結果としてわたしたち短歌創作者は、この時期に形成された「近代」の呪縛から充分に解《ほど》かれないまま、時の風化にまかせた崩壊現象のただなかを過ぎてきたように思える。同時代を生きつつ、その結節を何とかして解きほぐし、ポスト近代へ一歩を踏み出したいという、わたし自身の切実な欲求が、本書の根底にあったことを記しておきたい。

現在にいたるまでの間、いくつかの折口信夫研究会に関わって、学ばせていただいた。若き日の赤坂憲雄・兵藤裕己・神山睦美・樋口覚ほか錚々たるメンバーを擁する研究会があって、田村雅之さんがそこにわたしを連れて行ってくれた。それから、創作者として同じ課題を共有していた、今は亡き成瀬有と「白鳥」の人々のことも忘れがたい。さまざまな方々との出会いを感謝しないではいられない。

最後に、厳しい出版状況のもと、読者のあまりつきそうもない本書の刊行を快諾してくださった砂子屋書房主人田村雅之氏に感謝申し上げる。装幀は倉本修さんがうつくしいものにしてくださるだろう。あとは出来上がるのを待つばかりである。

二〇二一年一月十六日

阿木津　英

アララギの釋迢空

二〇二一年五月二五日初版発行

著　者　阿木津　英
　　　　東京都目黒区上目黒五―二七―一五　B―一〇三（〒一五三―〇〇五一）

発行者　田村雅之

発行所　砂子屋書房
　　　　東京都千代田区内神田三―四―七（〒一〇一―〇〇四七）
　　　　電話　〇三―三二五六―四七〇八　振替　〇〇一三〇―二―九七六三一
　　　　URL　http://www.sunagoya.com

組　版　はあどわあく

印　刷　長野印刷商工株式会社

製　本　渋谷文泉閣